NF文庫
ノンフィクション

新装版

ニューギニア兵隊戦記

陸軍高射砲隊兵士の生還記

佐藤弘正

潮書房光人新社

ニューギニア兵隊戦記——目次

第一部

ニューギニア兵隊戦記

——陸軍高射砲隊兵士の生還記

第一部

ラエの石

浜には強い風があった。四月の早いころの海は、濃い草色に沈んでいた。細かな砂嵐が浜のなだらかな起伏を這うように、遠くの風景まで煙らせていた。新新潟工業港の煙突が、その白い砂嵐の上に蜃気楼になって、かすかにゆれて並んで見えていた。

遠くのそれらも、近くの松林も、すべての風景が、うす青に彩《いろど》られていた。

空はよく晴れていて、まだ低い太陽がキラキラ輝いてはいたが、頬に当たる風は、まだまだ冷たかった。

昨日のことである。戦争が終わって、命を拾っていっしょに南方から復員し、そのまま二十年もたってしまった私の中隊の浦山秀夫隊長から、突然、手紙があった。

それは、「ラエ」の石を見附市の犬塚剛士少尉が手に入れた……というのである。

いま、佐渡が青く小さく見えるこの荒涼とした藤塚浜の砂浜を歩きながら、私は浦山中隊のある、バナナ林につづいて落ち込んでいる黒っぽい海岸での七ヵ月あまりもつづいた苦しい生活が、なんの予告もなしに胸にあふれて来たのを、一つ一つ大事に思い返していた。

そのころ中隊は、ニューギニア・ラエに在って、陸軍の野戦高射砲としては南方戦線の最前線に布陣していた。

風に向かっていた頬を返し、波打ち際に点々と小さくつらなっている自分のゴム長靴の足跡が、灰色の汀《なぎさ》の向こうに消えて行くのを見つめたとき、サラモアの海岸をこんなふうにひとりで歩いて行ったあの日のことが、いやにはっきり頭に浮かんでくるのを、いったい、何のせいだろうと、しきりに考えていた。

浦山中尉からの手紙のせいばかりではないらしい。明るく晴れている早春の、この物悲しい海の広さのせいだったかも知れない。

しかし、犬塚少尉が手に入れたというラエの石は、私があの川原で見た石にちがいはなかろう。色も硬さも、たぶん私の頭に残っているものと、きっと同じものだろう。それがいま、私のすぐ近くまで来ているというのか……。

そのこともずーっと気になっていた。

ラエ地区のほぼ真ん中を流れていたラエ川の川口は浅く、そう広くはなかった。その川口の石を、あそこにいた五千の兵士の中で、とくに手に取って見ようとした者は少なかったであろう。

兵隊に行く前に鉱山学校を出て、鉱山界に入り、二十歳で鉱山技手補になり、地質と測量の仕事をしていた私は、南方のむしむしするジャングルの中を流れていき川原の石が物珍しく、工兵の架《か》けた仮橋の上からおりて行って調べてみたものである。

青い草のにおい、照りつける太陽、けだるい南方特有の空気の中、ぬらぬらとぬるい流れの中で、大きな石がわけなくボコッと割れたのがなんともしまらない感じで、がっかりしたことをおぼえている。

内地の金鉱石や銅鉱石は、珪度の強い、硬い安山岩系の岩石であったり、地圧で締めつけられた頁岩《ひんがん》系のカンカンした堆積岩であったりした。だから、そういう期待を裏切るような、軟らかい砂岩や凝灰石ばかりで、懐かしい安山岩や花崗岩が一つも見られなかったことが、異境の地の感をひとしおかき立てたものだった。

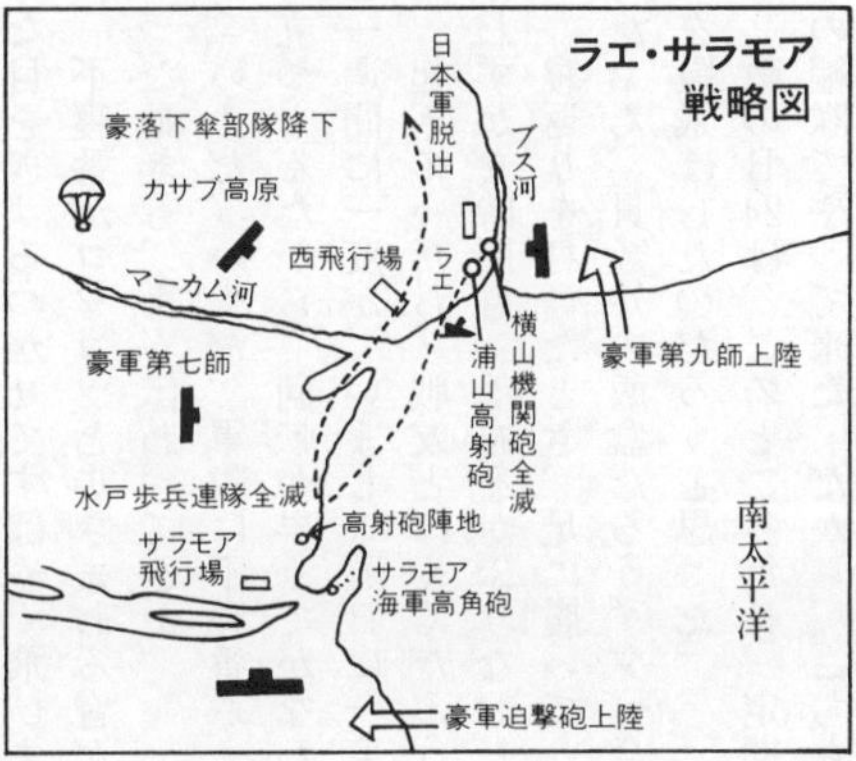

サラモア布陣

ただ椰子が生え、真っ青な海にえぐり取られた砂浜がつづいている。ここニューギニアの、ひとかけらの文明のにおいもしない東の一角で迎える朝だ。

ヒョー、ヒョーと暗いうちから鳴いている、嘴《くちばし》だけが赤く、羽根は黒エナメルのように光り、目白のような目をぎょろつかせてすばやく飛びまわる憎らしげな鳥とともに夜は明けてきた。

不寝番がコツコツと歩きまわる音が、もうすぐ下番になるという単純な願いでやや早くなった動きも、よく伝わってきた。

「いやだ、いやだ。軍隊に不寝番さえなけりゃ何年でもいてやるわい。それに一晩に十名も立つもんだから、回転が早くてかなわん。練兵休が分隊ごとにかならず二、三名、いやがる。一週間に一度が、いまじゃ五日に一度きやがる。明日あたり、またおれだろうぜ」

起きていたら、戦友とぼやくだろう言葉を肚の中で言って、不寝番が起こしにくるまでのわずかな時間も、毛布をかぶりなおして私はまどろんだ。

寝返りを打ったとき、足に履《は》いていた地下足袋が何かに当たって〝カラン〟と音を立てた。たぶん、員数外の飯盒だろう。夕べ会田哲兵長が帯状火薬でめしを炊《た》いていたから、そいつを蹴飛ばしたのだろうと思った。

敵のB24は、このところ毎日、定期便のように、正確に朝の九時になると、四十機ぐらいの編隊でやって来た。だから、こちらの日課もそれに会わせ、朝食後一時間ぐらい念入りに射撃訓練を重ねたあと、戦闘に備えて、幕舎で待機するのが常になっていた。

だが、その日は、昼飯に乾パン一袋を渡され、第一分隊は終日、退避ということになった。

理由は火砲の故障である。兵站《へいたん》基地も何もない最前線での武器の故障は、無線連絡によって、ラバウルから、それも潜水艦による補修員の派遣と交換部品を待たなければならなかった。

山ひとつ向こうに上陸したオーストラリア軍の迫撃砲は、ここ二、三日の間に急に熾烈《しれつ》さを増し、日に幾回となく、われわれの陣地付近に落下し、しだいに正確さを加えてきていた。

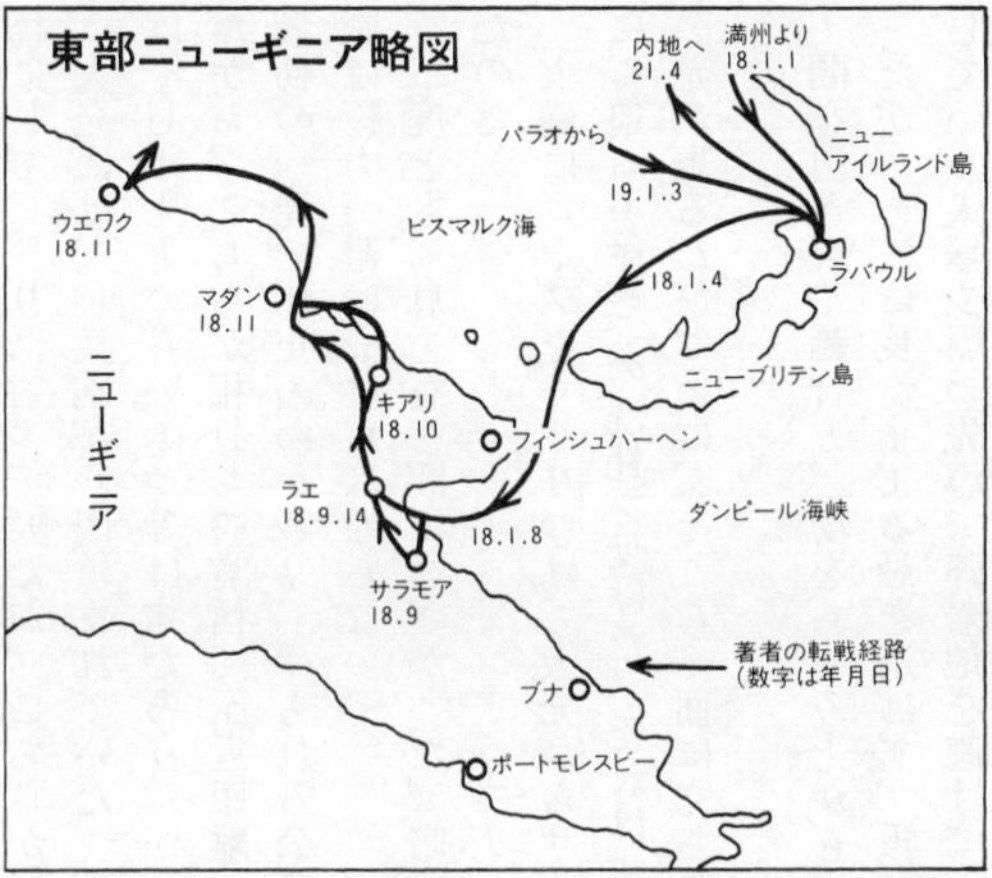

ラエよりひとつ前線のサラモアの飛行場を確保するために、ラエでたった四門しかなかったわが中隊の高射砲の二門を大発に積み込み、敵のUボートを気にしながら、そのときすでに勝ち味のうすかろうサラモアへやってきたのは、つい一週間前のことであった。

二時間あまりの海上は、無事であった。

月もない真っ暗な海では、エンジンの音だけが敵、味方の目標になり得る。舳先《へさき》に立つ監視兵は、全身を耳にしてUボートのプロペラ音を探知した。

火砲の脚にうずくまり、運を天にまかせた格好で耳をすますわれわれより早く、大発の工兵は、二度、エンジンを停止させた。爆音が近づき、一度は威嚇《いかく》のためか、二十ミリを長い火の棒にしてしきりに射っていたが、こちらが発見されなかったものか、事なきを得た。
大発には、歩兵砲が一門積まれていた。口径四十ミリ以上はあるだろうから、一発当たれば、Uボートぐらいふっとばすだろう。が、なにせあちらは三十ノットは出ようという代物だから、こちらが相打ちの覚悟で至近距離まで突っ込んでも、ひらりと逃げられてしまう。最初の一発で仕止めぬかぎり、やられる公算は大きい。任務は兵員と兵器の輸送だから、交戦は極力、避けなければならない。

二度とも、息を呑む間に遠ざかった。暗くて見えなかったのかも知れないが、運がよかったのだ。

火砲にロープをくくりつけ、大発からサラモアの桟橋に、総員がかりで引き揚げたとたんに、迫（迫撃砲）の洗礼を受けた。それはすさまじい光景であった。臥せている私の頭上に、閃光が走るたびごとに、そこら一面に立ち籠《こ》めた厚い硝煙が、地獄絵図のように黄色に染まった。

闇を引き裂く轟音と、魂をちぢみ上がらせる閃光……。

だが、そこに長く止まる愚を選ばず、重い火砲をしゃにむに引っ張って、陣地偵察に先発していた犬塚少尉の先導で弾着地を避けて、小山の陰の格好な場所に陣地構築を完了したのは、夜もしらじらと明けるころであった。

火砲は、それからわずか一週間で故障してしまった。一日に多いときで九十発、平均して四、五十発しか射たないのに、駐退復座器（発射の反動で砲身が後退したものを、油圧によってもとにもどす装置）が故障して、砲身が下がったままになってしまった。

「活塞開雌螺《かっそくかいひんら》（油を止めておくねじ）から駐退液が漏れていますので、われわれでは修理不能であります」と、分隊長が中隊長に報告したら、中隊長もそれを見て、

「ふーん」と言ったそうだ。

「段列にまかしてみたら、直ると思うがなあ。隊長、知らんのかな……」

「まさか、そんなことはあるまい。まあいいや」

三年兵の家田増次郎兵長も、

「ここじゃ無理ですねえ」と山を張ったら、隊長さんはちょっと笑って、

「第一分隊退避」と言ったそうだ。

「毎日、第一分隊は真っ先に敵さんの爆弾と相打ちだもんな。一日ぐらい、いいさ、お隣りさん、たのんまっせ。でかいの落としてくれや」

てんでにそんなことをつぶやきながら、火砲に覆《おお》いをかけ、今日使うべく整備しておいた弾丸を、袖《そで》（弾薬壕）にしまいこみ、砲身を、平手でパシッと一つたたきつけて、

「すまんな」と、うれしそうに掩体《えんたい》を出た。

二分隊の菊地直一郎伍長が、

「ちくしょう、うまくやりやがったな、おい！」と、ニコリともせず言った。

弾の出ない火砲をまもって、危険な迫の着弾地にとどまることはない。隣りに設営している水戸の歩兵大隊とは異なって、高射砲中隊には防空壕はないのである。迫のとどかぬ、し

かも対空戦の被害のこうむらぬ地点まで、空身で歩いて行くのである。

弾丸の死角

朝から雨が、しょぼしょぼと降りつづいていた。

帯剣の上から外被（雨用コート）を着用して、隊伍も組まず、八時に中隊を離れた。

毎日、九時半からB24との戦いがはじまる。また、その前に迫の攻撃を受ける。

正面の飛行場の向こうにある二百メートルほどの高さの山の頂きに、敵さんの目標弾が上がる。迫の方位修正弾である。それは、いつも青い空を背景に、くっきり真っ白い杓子型の煙を立ち昇らせる。まるで日本兵を見くだしたように、いつまでも消えずに、ゆっくり空へ昇って行くのである。

だれかが、「さあ、はじまりだぜ」と言うと同時に、対空監視兵の、

「はっけーん、前方目標だーん」の報告がひびく。

食事の後の待機時にそれがはじまるのが普通だったから、寝そべっている者も、碁を打っている者もある。だが、だれもそれを中止する者はいない。現在進行形のままでいる。鉄兜が手のとどくところに吊り下がっていても、発射音の聞こえないうちから、そっと手を伸ばしてそれを頭にかぶることは、みんなの嘲笑をまねくことになる。

やがて、かすかに十数発の発射音が連続して聞こえてくる。

弾が来るまでは、それから十秒はある。その十秒の間に、稲妻のような自問自答が行なわれる。

耐えられなくて、二、三人が、さっと立って幕舎のうらの小山の陰に回り込むが、ほとんどの兵士は、現在位地でそのままの姿で、その十秒をやり過ごすことに懸命になる。終わったあとで、もとのとおりの姿勢で、平気な顔をして、「近かったな」と言いたいためである。「逃げ足の早い野郎だぜ、貴様」と言われたくないのである。

音が先にとどいて、つぎに弾丸の空気を裂く「ひゅーん」という、いやな音が念入りに二秒もつづくと、その先はそこら一面、滅茶苦茶な破裂音でおおわれる。

その一瞬が問題なのだ。

兵士たちは、弾丸の死角を上手にえらんで、ひよいと完璧な体位で破片から身をまもっているのだ。砲弾の破片が飛ぶ何百分の一秒だけを勝負すればよいのである。

破片が頭をかすめたつぎの瞬間、はや身を起こして、いまの弾着を確かめ、つぎの着弾地の可能性をすばやく個々の頭の中で計算し、自己の生命に対する最良の防御を具体的に方策して、そこで一応、落ち着きを取りもどす。そして、それにはものの一秒とはかからないのである。

一連射浴びて、身を起こしたそのときから、食い物の話をしている奴だって、心じゃちゃんと考えがまとまっているのである。戦争ずれをしてしまっているというよりはむしろ、だれが死ぬかは、迫の極端に曲がる大きな放物線の、その弧の画き方で決まると諦観しているせいなのだ。

どのように伏せていようが、地上にいるかぎりは、だれもその運命を変えることはできない。

幕舎のすぐ前に落ちた奴が、寝そべっていた顔の上をすれすれに通過し、地上三十センチのところに整頓しておいた飯盒の横っ腹を突き抜け、その奥の鉄兜まで、ぱかっと二つに割ってしまっているのを見た後藤一男兵長は、

「危なかったな」とうすら笑いをうかべ、

「鉄兜も、これじゃブリキと同じじゃわい」と言った。

戦友たちが、

「大丈夫かっ！」と性急に聞いても、のろのろと、

「なんでもない」と答えて、眼をとじてしまった。

ひげの濃い、秋田出身の男で、下士候で胆が太いのか、図々しいのか分からない男であった。

奥の方で分隊長が、

「後藤兵長、こんどは逃げろ！　犬死にするな！」と叱った。

上陸してからすでに一人、迫撃砲の犠牲になっている。機関銃分隊の須田三次一等兵である。山形の男で、やはり胆の太い奴であった。

隣りの幕舎へ用事で行って、ちょっと話し込んでいるうちに砲撃がはじまったものだから、急いで自分の定位につこうと飛び出した鼻先に一発、落ちた。

無残にも右の肺を飛ばし、紅に染まった。それでも桜井義男上等兵が駆けよって助け起こしたときは、まだ眼球を動かして、唇をわなわな震わせていたが、ついに声は出ずじまいで終わってしまった。

私もかつては同じ分隊にいて、彼と苦労をともにした仲間であったので、片腕と片肺をなくした彼の姿は、まったくかわいそうでならなかった。

つい先ほどまで笑い、話をしていた者が、たちまちごみ芥《あくた》のように転がってしまったのを見て、覚悟はしているものの、それが、ひとりひとりみんな自分の姿にも思えた。

その日の夕方に行なった隊葬には、物を言う者も少なかった。

「おれが起こしに行ったとき、何か言おうとして口をぱくぱくさせていたから、おれもなんとか一言ぐらい聞いてやろうと、一心に口元を見つめたが、とうとう分からなかったでえ

「……」

桜井上等兵は、自分の部下を失った悲しみで、二列横隊を少しも崩さず、読経の間じゅう、きっと正面を向いたまま、私にささやいていた。

それは、二日前のことであったのである。

須田一等兵が眼の前でやられたことは、敵さんの目標が明らかにわれわれの陣地に移ってきていることを裏づけている。着弾地も、しだいに正確さを増し、一ヵ所に集中しだしてきたことは、やっこさんの陣地が、一日ごとにわれわれに肉薄していることも否《いな》めない。

三日前に一コ中隊編成で出撃して行った隣りの水戸師団の歩兵も、最後は、砲兵陣地に斬り込んで、氷がとけるように、みんな死んでしまった。

赤土で服を真っ赤にして、ひょろひょろと帰って来た二人の兵士が、私たちの分隊の前で、大隊長に、攻撃の失敗と、中隊長以下の玉砕を報告したとき、

「なんで死ななかった。なんで帰ってきた」と頬げたが砕けるほどなぐりつけ、泥の中に倒れたのを引きおこして、

「死んでこい！」と、ふたたび前線に向けて突きとばした。

眼の前でそれを見ていたわれわれを押しのけ、

「ひどい、隊長どの、なんとかしてやって下さい」と、安田東一軍曹が涙声で訴えると、痩身をつと上げた浦山中尉は、さっと天幕のすそを払うと、大股で歩みより、挙手の礼をこちらから尽くして、はや三十メートルほども歩みはじめた二人の歩兵を、

くれ、ずっと見ていたが、やがて天幕の傍まで来て、B24
「待て」と止めておいてから、

「失礼いたします。自分たちの兵隊がさわいでおります。生き残ったあの者を、ふたたび死地へやらないで下さい。私は高射砲の浦山中尉であります」と乞うている隊長の姿が、すごく立派に見え、みんなを安堵させた。

相手は大尉であった。

やがて激情が去り、硬い筋肉から力を抜いた大尉は、兵に向かって、

「隊に帰って休養せい」と言い残し、いまいましげに後も見ず、私たちの前をずいと通って行ったが、その顔は青白く、なにかを懸命に耐えているようであった。

赤土にまみれた二人は直立挙手し、一言も発せず、浦山中尉を見つめ、涙を流していた。

丸顔で髭をのばした、がっしりした体格の召集兵らしい兵隊の印象が強く残った。

そんなことが昨日あって、戦局は切迫していた。

退避行

外被と帯剣だけで騎兵銃は持たず、乾パンを入れた飯盒は右手にぶら下げて、地下足袋を履《は》き、ただそれだけで三々五々、出発した。

小高い山が海に突き出ている岬を回ったところに、中国人の住んでいたという家が一軒ある。赤屋根の二階造りのいい家だった。そこはまだ迫のとどかない地点ではあったが、B24

の目標にはなっている。

椰子の林が、家のすぐ後ろからつづいていた。背の低いでんぷん椰子の林だが、まだほとんど爆弾にはやられていない。子供のぶらんこもあるし、手回しのミシンも大して錆びないままに置いてあったのを、以前に来たとき見て知っている。

朱く塗った径二メートルもある蛇腹の鉄板でできた大きな天水タンクが、二階の手摺《てすり》の高さに据えつけられていて、それがみごとに斜め上から底に向かって、二十ミリの機銃に打ち抜かれてあり、弾丸の出口がささらのようになっていた。

左手にその家を見て岬をまわると、意外にも黒褐色の汀が遠くまでつづいていて、はるかの果てにうすく霞んでラエの山並みが見えていた。

波打ち際から、いきなりココ椰子が生えていて、その太くて鱗《うろこ》を重ねたような頑丈な幹の上では、濃緑の硬い葉が風にゆれて、キラキラと光っていた。十数メートルもある細長い幹の下陰は、低い背丈の灌木が生い繁っている。

原住民の通う道が浜づたいに草の中に見えていたが、兵士たちはみんな、波打ち際の黒く湿った固い砂の上を歩いていった。

海は澄んだコバルト色であった。故郷の海岸に打ち寄せる波頭と同じように砕け散る白い打ち返しが、不思議なものに見えた。汀の向こう、遙かに見える青緑の山並みは、越後山脈の切り立った感じとは少し違っていたが、いままでそういう心の余裕がなかったせいか、その景色が今日の私にはとても懐かしく映じ、しきりに旅愁を掻き立たせては私を涙ぐませた。

地下足袋の拇指《おやゆび》と食指《ひとさしゆび》の間の穴から、いつか海水が浸み込んできて、歩くたびにぐちゃぐちゃとして気味が悪かった。

召集兵の小嶌忠太郎兵長が前方を歩いている。それを越えなければならなかった。ラワンの太い丸太が打ち上げられている。それを越えなければならなかった。こんなところでエネルギーを消費することは、だれもが避けることであった。

足をろくに上げもせず、両手で太い幹を抱きかかえるようにしてそれを越えたあとは、いまいましい気持だけが残った。

ラエに上陸したとき、タロいもの畑に陣地を敷いた。犬塚少尉が、子供の頭ほどもあるタロいものことを、夜の点呼のとき、兵隊に紹介して、

「小夜食《こやしょく》になかなかよろしいから、住民にはすまんが、いただいて、戦力をつけてもよろしい」と言った。

タロいもとは里《さと》いものことである。気候がよいものだから、草だらけの畑の中でも、よく太っていた。二、三回はよいが、とても毎日つづけてはいただけない。それでも食ってさえいりゃ、体はもつ。

日ごとに飯《めし》の量は減る一方だったから、しまいには「ずいき」まで干して煮て食った。だから、二反歩（約二千平方メートル）ぐらいのいも畑は、十日ほどで食いつくした。

サラモアへ来てからは量は少ないが、米が食えた。

飯盒の一番下の線くらいのところまで、大体あった。めし茶碗にすると、一杯半ぐらいで

あろうか。

だが、それまでの半年以上にわたる長い間の食糧不足と、一日にかならず遭《あ》う死との対決に費やす異常な緊張で、肉体は相当まいっていたから、兵営内であれば、さしずめ、ビンタの一つもくらうであろう兵隊のしまりのない仕草にも、もうだれもなんとも言わなくなっていた。

上官の命令であれば、ラワン材であろうが岩石であろうが、その場で命を落とそうが、それを飛び越えもしたであろう。そのとき、その命令が敵と戦う目的のために下命されたと信じているわれわれにとっては、何の苦痛にもならないからである。

上官の命令は、きわめて常道で明快で、少しの逡巡もなかった。むしろ、命令によって和合や、信頼や、友愛がはぐくまれていた。

新米の伍長が三年兵の兵長に命令したとて、そこに何のわだかまりもなかった。兵はみんな、純真に素直に、一生懸命、この戦争に勝とうとしていた。

私は四年間、一兵卒でいながらも、かつて上官の横暴らしきものにあったことはなかった。むしろ、その任務の重さを、上官と一体となって感じこそすれ、下命された命令は、たとえ死地に赴くときさえ、進んで受けるという態度であった。

敵を憎いとも思わず戦っていられたのは、いかにしてあの飛行機を、一機でも多く射ち墜とすか、それだけに集中し、それだけを考えてさえいれば、国をまもるという自分に課せられた当然の男らしい任務が果たせる、と思っていたからである。いや、もっと純真だったたかも知れない。

一番砲手の私は、隊長の発する号令どおりに敵機を素早く眼鏡にとらえ、火砲が弾丸の発射でいかに激しく揺れ動こうとも、硝煙と火炎の向こうに見失いがちな敵機の影を必死に追及すること、それのみが自分のいのちだと考えていた。そして、それに間違いはなかったと、いまも信じている。

生死の境

二キロも行ったところに、椰子林の切れ目があった。下草も短かった。木がおおい繁っているジャングルの湿った陰よりも、からりとした日だまりで、風もよく通るまばらな椰子の木陰は、休むのには格好の場所であった。

変わり目の早い南方の天候は、朝からの小雨をもう晴れ上がらせて、うす日さえ漏れはじめさせていた。

てんでに窪地を探して二人、三人と固まって寝そべった。

私は一人で仰向けに寝ると、自分の周囲が草の目かくしで、完全に自分だけのものになっていることを確認した。

何年ぶりにひとりになれたのであろうか。今日一日の命が延びる保障を得て、だれもいないいまからの何時間を、孤独に平穏に過ごせることに感謝した。それは、兵力の温存という作戦の一部につながることであったとはいえ、私にとってはまったくありがたいものであった。

南方特有の湿った草のにおいの中に身を沈め、静かに眼をつむると、高い椰子の葉末が風に鳴って、さらさらと音を立てているのがよく聞こえてきた。

それに、弾丸も落ちないここいらは、椰子もその高い葉のつけ根には青い実を鈴成りにつけていて、平和そのものであった。何も考えず、何もせずに過ごしたいという気持が、私に椰子の実を採って飲もうという意欲すら湧かせはしなかった。

私は、戦地にいることを強いて忘れようとしていた。

戦争という環境の中では、かえりみるゆとりすらも許されぬはずの悲しみや感傷、果ては愛までもが、それを忘れかけていた私の胸に徐々にひろがってくるのであった。波の音と小鳥のさえずりの聞こえる一時《いっとき》の中で……。

しかし、その平和も永くはつづかなかった。

もうすっかり敏感になりきっていた私の耳は、ずっと遠くからの、いつものいやな死の使いの敵の重爆が発する、かすかな爆音を早くも捕らえてしまったからである。

パブロフの条件反射そのままに、私の瞳孔は見開き、顔の筋肉は硬ばり、不安に対する怖れを武者震いで押しかくし、心臓の鼓動を急に速めながらも、これはB24の大編隊であって、その数四十五機内外、と正確な判断を下していた。

「今日は退避だ、射たずともよいのだ」

サラモア海岸　退避行

ともすれば、逸《はや》る心を自分のつぶやきで抑えていなければならなかった。

散在している兵のだれもが覚めていた。爆撃機は、かならずわが陣地を襲う。その生死の境は、五分後にやってくるだろう。残して来た二分隊の中のだれが、いったい、死ぬのだろうか。寝たままで草をぐいと千切り、前歯で噛んで、ぷっと捨てた。他の者も同様に身体を起こしもせず、わざとたわいもない話をやめようとはしなかった。二キロ先で今朝別れて来た戦友が、まさに死闘に入ろうとしている。

だが、われわれは物も言わず、眉一つ動かさず、冷酷な表情で宙を見据えている。それは、隊長の「定位につけ！」の切迫した号令の代わりが、けたたましい白オームの鳴き声であったから……。ただそれだけであったからにすぎない。

「敵さん、真面目やのう。正確に九時半やで……。昨日は九時四十分やったがのう。何機や？　だれか見てみいや」

浜松からの召集兵の一色敏仁兵長が、古兵風を吹かしていったものの、すぐそこの海岸まで出てみる初年兵とていない。

たとえ三年兵であろうと、五年兵であろうと、ここでは年功的な権威は、命令以外の生活にはなくなっていた。初年兵が古兵の食器を洗い、編上靴を磨き、靴下まで洗濯をするということは、内地にいたときの兵営の中での仕事でしかなくなっていた。

軍の目的は戦闘であり、この目的はすべてのものに優先し、ずんと上から下まで貫かれていた。隊長の荷物は、隊長みずからが背負っていった。隊長も兵も、戦闘遂行のためにのみ自分の身の始末をするのである。他の者の世話をすることは、戦力の低下をまねくことになる。

ここでは運と度胸のよい者が生きて、弾丸の弧道は、官等序列を容赦なく吹きとばしていたからである。

B24来襲

爆音は、轟々と激しく近づいてきた。

空を裂き、地を震わせ、火の玉が、ばしばしと全空をおおうかに思えたとき、黒い巨大なB24は、椰子の葉陰をつぎつぎとまたたく間に飛び去って、わが陣地へ向かってきた。

高度千、馬鹿にした高さだ。迎撃する戦闘機すらないこのサラモアの前線基地を、一気に押しつぶそうとする敵の魂胆がありありと見えた。同じ高度で、しかも碁盤の目のようにきちっと組んだ編隊を少しも崩さず、傲然と直進していった彼らの気迫。

高度千メートルでは、はや私の真上を過ぎたころ、すでに爆弾は弾倉を離れ、等間隔に平行につらなり、陣地めがけて落下していることであろう。地上までは十秒はかかる。私は静かに時を数えた。と、その長い十秒の間に、意外な近さで火砲が鳴った。

中隊が応戦している。一門でやっている……。

ぐっと胸がふさがった。二キロも離れているというのに、鮮やかに派手に、すさまじく聞こえるのが嬉しかった。

一連射のあと、またつづけて五発鳴った。そして、それが投下爆弾の腹に応える地鳴りの最中も絶えなかった。

私はかっと見開いていた眼を、安堵のために閉じていった。

「陣地は狙われへんで……」

「よかったな、今日は司令部かいな。飛行場は穴だらけやし。そんなとこ落とすまいて」

一色敏仁と臼井武男の両兵長が、寝たまま話しているのが聞こえた。

陣地が狙われたとしたら、火砲の発射音はどうしても途絶えるはずである。それが絶えなかった。四十数機の空をおおう巨大な要塞に、全力を奮いたたせて追い討ちを浴びせている戦友たちの姿がうかんだ。

陣地の右手は海で、左手は赤土が禿げている司令部につづく山である。敵さんが正面から左へ進んだとすれば、航路角（飛行機の進む方向を、我を円の中心点とし、目標と我とを結ぶ線を零としたとき、目標の進む方向をあらわした角度のこと）は零から四千八百までの絶好の射ちごろになるはずであった。なんでそれをのがそうぞ。

昨日までの毎日の戦闘が、もう一週間もつづいた。湾の向こうの海軍高角砲陣地のうしろの山肌は、みるみるうちに緑が焦げて赤土の丘と化してしまった。爆撃は、日ごとにすさまじさを増して来ていた。

一番砲手の座

戦闘は、敵機を素早く火砲の眼鏡に捕らえることによって開始される。一番砲手が「よし！」と叫んでから、観測班よりノータイムで伝達されつづけられている高度と航速（一秒間に敵機が飛ぶ距離）を隊長が裁量し、その決定値がふたたびほとんどノータイムで全火砲に、隊長の号令によってあたえられる。（ここがアメリカと違うところで、あくまで計算機によって、自動的に数値が決定され火砲に投入されるのではなくて、人力操作で機械がみちびき出した数値の上に、隊長の目測による修正がなされ、そのデーターで戦うのであるから、必然的に命中率もひくい）

初年兵以来の名人教育で鍛え抜かれた高度観測手の高橋清一上等兵は、人間としての限界

「千百、千百五十、千百五十！」と、三度の測定値を、五十メートルの誤差にとどめて測る。ときには百メートルの誤差を生むときだってある。寝不足や、栄養不足からくる体の不調、あるいは彼の精神の統一をほんの些細な感情の乱れがはばんだときだ。いまはそれを言っている場合ではない、一発勝負である。

安田軍曹は、

「高度、千百三十！」と絶叫する。

双眼鏡で見つめつづける隊長は、彼の経験とあらゆる条件を総合して（雲量、時刻、風向、砲手の心情、砲手の技術……等々）、千百にするか、千百五十にするか、瞬時に断を下す。

「高度、千百五十！」

火砲はいっせいに高度を呑む。

「航速（一秒間に飛ぶ距離）、八十、八十五、八十、八十、九十、八十、八十五……」

大竹全作上等兵は、飛行機の影が航速計にとられられているかぎり、戦闘の間じゅう、わき目もふらず叫びつづける。

「こーそく！　百！」

隊長は二十メートルのさばを利かせた。

砲身は、ぐっ！　と前へ出た。

全砲が正確に操作すれば、弾丸はB24の前方二十メートルの空中で炸裂することになる。

二十メートル飛ぶのに、飛行機は四分の一秒とはかかるまい。四分の一秒というのは、いかに訓練された砲手でも、操作の途上で失う可能性は充分にある。四分の一秒、砲身がおくれれば、弾丸はみなB24の尻でひらく、へたくそな射撃になる。何の効果もない。

扇形板（高度によって弾丸の信管の長さを決定する曲線の画かれている目盛り板）の上を絶えず移動する指針を、あたえられた高度千百五十の目盛り曲線に合致させるべく、重い信管転把を全力をあげてまわすために、視覚から、筋肉へ伝達する神経電流さえも、ともすればこれに近いだけの遅れをとる怖れさえもある。

いや、それは人間が操作する火砲の常態かも知れない。ならば、そのおくれを〝プラスアルファー〟としよう。

航速百とした隊長の意図は、どのようなことがあっても、弾幕を敵機の後方でひらかせるようなぶざまな戦いはしたくないところにあるからであった。

隊長が気負って、「航路角！」と号令する瞬間、その飛行機を射ち落とすか、失敗するかが決まる。

目標が左前方四十五度に来たとき、百刻みの航路角を読む七番の下河辺一之助上等兵が、精一杯の大声で、「よーし」と叫ぶ。そして隊長が、「八百！」と与えたそれとは、三十しか違っていない。八百三十の下へ白墨の線を勢いよく引いた。

火砲を二度（航路角三十は角度では約二度）修正しても、眼鏡手や扇形板手にはほとんど影響をあたえない。

三番（扇形板手）も七番（航路角手）も、自分の予測に合わせていた指針がほとんどずれることなしに、諸元を呑みこんだことに満足して、〝一機いただきだ〟とほくそえむ。

火砲は、なめらかな追跡の速度を少しも変えずに、すべてのデーターを消化してしまった。満を持して「五発！」がかかる。ガッチャンと重い響きを残して口径七十七ミリ、長さ七十センチの弾丸が装塡され、鋭く短く、「よし」の最後の確認。

たまこめの高橋知造上等兵は、岩手県出身で「よし」を「よす」と言う。日によっては「よひ」とも言ったりする。戦火の最中、「す」であろうが「ひ」であろうが問題ではないが、彼の音声の独特な波形が、八番の山岸邦男上等兵の耳朶《じだ》を打つとき、山さんの反射神経は火砲の一部になりきって、「す」の音の響きがまだ空中に残っている間に、はや拉縄《りゅうじょう》（引き金）を引いてしまっている。

轟然と第一発が出ていった。

砲座は一瞬、真空となる。しっかりと転把を握り、眼を眼鏡に吸いつけたまま、私は鋼鉄の椅子の上で毬《まり》のように跳ね上がる。涙と鼻汁がほとばしる。耳栓が飛ぶ。眼鏡が火炎で真っ赤に染まって目標が消える。あわてず、そのまま送る。硝煙がはれると、ちゃんとクロスヘアの中に目標がある。涙がじゃまだ。第二弾、第三弾。尾翼がちらりとかすめる。

「おくれたか。送りを速やかに！　なめらかに！　十字線の真ん中に、奴の機首をがっちりつかんで、離すな。逃がすな！」

頭の中で、自分のことばをつぶやきつづける。そして第四弾、第五弾、この間、約五秒……。

一秒に一発。精進の目標をここに置いて、鍛え抜いたのだ。

爆音、目標変更、怒号、硝煙、発射と発射の谷間に、七番が必死に読む航路角の声が、遠くから聞こえる。轟音で、また耳が馬鹿になってしまったのだ。

「五発！」がかかる。腸を突き上げる激動。はや咽喉《のど》にはつばもない。涙もとうにかれ、いらいらと硝煙がささる。

眼鏡の十字線から、つと機影が逃げた。

「三番！　なんだ！」私がどなる。

砲が動く。兵士も動く。足がもつれる。身体がぶつかる。航路角がおくれる。とりもどそうと三番は、あせってつい、ぐっとまわす。同時に、一番の眼鏡が不意に大きく連動する。目標機が眼鏡から消える。

「すまん、許せ！」

よくあることである。

だが、砲の回転を右手で止めず、ただちに肉眼で敵機の位置を確かめ、眼鏡標星をたよりに、適確に同諸元のまま、ふたたび敵機を十字線に捕らえる技《わざ》は、私はだれにも負けなかった。

第一分隊一番砲手の座は、その技がつねに中隊一であることを意味していた。四年間、私はその座を、一度も人にゆずったことはなかった。ほとんどの場合、私が身を屈して、ぱっと右目を眼鏡に密着させたとき、間違いなく、敵機はその中にあった。生まれつきの勘と、休みない訓練が、私にそれを会得せしめたものか、入隊後半年を出ずして、ほぼ一番の座は固定していた。

全門中、真っ先に弾が出るのは第一分隊であらねばならないし、発射弾数もつねに一番多く数えたことも、それぞれのポジションを守る十二人の砲手が、みんなすぐれた技術を取得していた者の集まりであったからにほかならない。

一つ、二つ、三つ。B24の巨体の前方十メートル、二十メートル、あるいは真横に、白煙がパッ、パッとひらく。

「出た！　いいとこ、いいぞ！」

他のどの砲手も、上を向くわけにはいかない。私の着弾状況を耳で待っているのだ。

二人の勇士

私が「いいぞ！　いいぞ！」と言ったのは、昨夜遅く、真っ暗な海上を工兵隊（船舶工兵）の小さな舟で届けられた二百発近い弾丸が、じつに小気味よくひらいたことによる感激であった。

弾丸のうしろに、成田不動のお護《まも》り札が貼られた一発があった。ゴムの袋に二発ずつしっかりと詰めて、その中に女学生からの手紙が入っていた。

『勤労動員で、私たちは毎日、兵器廠で弾丸をつくっています。この弾丸が、どうか敵機に命中しますように祈っています。兵隊さんご苦労様です。武運長久を祈ります』とあって、名前はなく○○女学校生徒とあった。

ここのジャングルには、弾丸は山積してあるが、南方の異常な湿気は、亜鉛管の中に納められている弾頭信管の火薬をすっかり湿らせてしまって、射っても空中で炸裂しないのである。つまり、石つぶてと同じ、「まるだま」である。直撃弾で飛行機を貫通しなければ落とせない。千に一つの可能性しかないことなのだ。

無電で内地へ要請した。新しい弾丸は、厚いゴム袋に入れられて、信じられぬ早さで昨夜、ここへ着いた。潜水艦でラバウルへ、ラバウルからは舷外スクリューつきの小船で、接岸航行でここサラモアまで運んで来たと言うのだ。

真っ暗な海上を、「陸軍の高射砲さーん」とくり返しくり返し呼んでいる声を聞きつけたのは不寝番である。

「おーっ、ここだぞー」

長い戦線の汀を何時間もさまよって、ようやく目的地をたずね当てた二名の工兵は、顔も見えない海上から安堵の息づかいで、

「中隊長どの」と求め、

「ただいま、ラバウル兵器廠から、弾薬二百二十発、輸送してまいりました」と報告した。

「おー、ご苦労であった。途中、異常はなかったか」

就寝中の隊長は、兵とともに起きて来て、感謝とねぎらいの言葉をかけていた。

犬塚少尉が兵を指揮して、揚陸作業を行なった。暗い足場の悪い海岸で草に足をとられながら、闇の中を、私も懸命に二発ずつ運んだ。

その二、三十分の間に得た彼らからの敵情聴取によれば、味方は制空権も制海権ももはやほとんど失ってしまっていて、こんな小舟すらもUボートの餌食になっているというのだ。

実際、彼らがここまでたどり着くまで、幾回も観念したということであった。

「少尉どの、作業終わりました」

兵隊が告げると、それまで話をしていた犬塚少尉は、

「ほんとにご苦労さんであったな。気をつけて帰れやな」と、黒い影に向かって優しく言っていた。

海には仄《ほの》かな光があったので、舳先に飛び乗った二名の工兵が、きちっと挙手の礼をして、

「弾薬輸送、終わって帰ります。高射砲さん、がんばって下さい」と、不動の姿勢で言い終わるのが、墨絵のように浮いて見えた。

エンジンの音が遠ざかるまで私たちは、なんと言うことなしに海岸に佇《たたず》んでいた。

いっさい無灯火の前線である。何百キロも死線を超えて、その任務だけのために弾薬をとどけた二名の勇士。咫尺《しせき》の間にありながら、その顔もわからず、名も名乗らず、ただ熱している体から発する活力と、汗の臭いだけを残していってしまった潔《いさぎよ》さが、私の胸にせまってきていた。帰りの命はあるだろうか。

不思議な光景

弾丸《たま》の尻におふだを貼った女学生とそれを運んだ工兵と、それを射つ砲兵と──みんな命がけでつながっていた。

『武士道とは死ぬことと見つけたり』国民はみんな、武士道で生きていた。その弾丸が、ひらく！　ひらく！

「出た！　いいとこだ！」

がっちりと火砲に吸い着いた他の砲手は、一番の叫ぶ弾着に耳をそば立てながらも、目は一心に計器を追う。

「落ちるか？」

二番が押し殺した声で、耐えられずにうなった。極度の緊張の中で、にーっと、すさまじく笑いながら……。

「まだ……まだ……」

時間が恐ろしく長く感じられる。

確かに先頭機は被弾しているはずだ。かならず落ちる！

と、意外に左後方の二番機が白煙を噴いた。ガソリンである。

「おっ！　白煙……当たった！　おい命中だ。あっ黒煙……、見ろ火だ！　火を噴いたぞー

っ!」

B24はぐらっともせず、真っ赤な火になって飛んで行く。

砲身が下がって停まった。

「わーっ」「やったーっ」

期せずして、どの掩体からも喚声が上がる。

「射ちかたーっ、やめーっ」

隊長の声が透る。

全砲手は、真っ黒い太い煙を吐きながら海上へ離脱して行くB24の息の長い臨終を見送り、「ばんざい」を叫び合った。

第一回戦で一機撃墜である。

「第一分隊、一機撃墜、二機中破っ!」

岡田幸一分隊長が臆面もなく叫ぶと、砲手の全員が、どっと沸いた。

甲幹に落ちて軍曹になったが、臆病のくせに空威張りして、同僚からも、あまり信用がなく、それでいて人の好いところが部下の初年兵に親しまれている人物である。

それが掩体の上へ踊り上がり、右手を高々と挙げて隊長に報告したものだ。隊長も、思わず噴き出し、それでも笑いをこらえて、「よーし」と応えた。砲手には、命中させたのはおれたちの弾丸である、という自負はある。だが、しかし、射ったのは二門なのだ、あからさまに、おれのたまだとは言えないじゃないか。

「もちろん本気じゃねえさ、余興さ。だがな、見ろ、あのまじめな顔。いいとこへ弾幕が出て、いきなり火を噴いたのがあまりにもみごとだったもんだから、自分が射った気になって」

「感激して、やらかしたか、ハハハ……」

聞こえたってかまいやせぬ。戦場は言いたい放題だ。

砲手たちは案外、それが自分の本心でもあるかのように、たちまち小さく飛び去って行く敵機を眼で追いながら、青い顔で笑った。

隊長も承知して、

「元気あってよろしい」と座興で返してきた。白い歯がちらりと見えた。しかしすぐに、

「一分隊、心臓強いぞ」と言われて、

「はっ、申しわけありません」と、不動の姿勢で大きな眼玉をぐるっとまわしたとき、ふたたびどっと笑いが湧いた。

第二波がすでに豆粒ほどになって迫っている、しばしの憩いのなごみであった。

「しぶとい奴ちゃ、火になってもまだ墜ちんでえ。とうとうあそこまで行きよった、四キロは飛んだか」

「防弾ガラスと防弾鋼板が厚くて、破片も二十ミリも、通らんとよ」

「ゴム板が厚くて、ガソリンタンクも、なかなか引火しにくいそうだぜ」

遥かの海上まで持ちこたえたB24は、搭乗員がパラシュートで脱出してから、ゆっくり水平線上へ墜ちていった。その付近には、戦闘のはじまる前から大型飛行艇が遊弋していて、傷ついた味方機の救援に当たっていたのだ。用意のいいことである。

海上に浮いているパイロットをつぎつぎに引き揚げてから、悠々と飛び去っていった不格好な飛行艇の真面目なようすを、双眼鏡で見ていた隊長は、「射て」とは言わず、

「癪《しゃく》だな、ハッハッハ……」

と笑ったきりであった。

「眼の前で助けて行きよった」

「丸弾でもぶっ放すか」

「高射砲で水平射撃じゃ、恥かくだけじゃ」

「敵さんには、自爆も自決もありゃせんのじゃ。とことんまで生きるし、生かすんじゃ」

「日本軍じゃ、思いもつかんこったで」

人命尊重を第一義とする国での戦争の仕方が、兵士たちには不思議な光景に見えたのである。

黒い巨体

第二波のようすは、はじめから変であった。

「動かんのう、ゼロのままか？」

二番が気味わるげに私の尻をつついた。

「うーむ、どうしても鉛直線からはずれんわい」

「ねらわれたか」

「どうもそうらしい」

ごくりと咽喉《のど》が鳴った。不気味に迎角だけがじりじりと上がる。

「ゼロ、ゼロ……。おい、ゼロのままだ」

下河辺上等兵が、しまいの方をつぶやいた。

「まだはずれんぞ。近づいたぞ、完全だ、完全に狙ってやがる」

「高度二千じゃ。四十度で落としゃ、ここへ来るぜ、しっかり見とれ！」

転把は止まったままであるが、私はギアの遊び分だけ、かたん、かたん、と右左に動かしていた。

「おい、弾倉がひらいたぞ。四番！　何度だ！」

「三十度、三十二度……」

五番がすかさず返して来た。

「くるぞ、間違いなくくるぞ！」

いまはただ四十度のとき、あの黒い大きな口を開けた弾倉から、パラパラと五十キロ爆弾が鳥の糞のように落とされなければ……助かる。しかし、それは、あまりにも虫のよすぎる神だのみであった。

血がすーっと頭から引いていった。私の体の中を、ぞくっと臆病風が吹き抜けた。肉を切らして骨を断つか、兵員の消耗をあくまで避けて伏せるか。「その場に伏せ」の号令もあるにはあるのだ。

双眼鏡を離さぬ隊長は、すでに、「航路角百！」と発していた。ゼロではない、百なのだと、兵に暗示していた。まっすぐではない、少し左にずれているのだと言っているのである。

眼鏡手の私は、十字垂線から毛一すじも離れず直進してくるB24四十数機の編隊を見つめながら、隊長の心を読んだ。

俄然、隊長は右手を高々と揚げ、「三発！」と鋭く叫んだ。敵の圧倒的な勢力に、ともすればひるみがちな兵は、この号令でふるい立った。

相打ちである、やることは決まった。くるならこいと、分隊長よりも早く、「三発！」と十二番の飯山兵長がどなり、「射つぞ」と、私が口の中でつぶやくより早く、第一弾が出て行った。

空いっぱいにきちっと碁盤目に編隊を組んで、絨毯《じゅうたん》爆撃の構えを見せた四十数機。その黒い巨体は「今度こそは見つけたぞーっ」とばかり、われわれの二つの掩体めがけて突き進んでくる。

その真正面にパパッと弾幕が出ると同時に、もっとも危険な四十度に達し、間違いなくそれぞれの腹から、するすると八発から十発の五十キロが数珠つなぎに落下してきた。

バカにゆっくりな無声映画のシーンを見ているように、全機合わせて三百発以上の爆弾が、空いっぱいにふってきた。

とんでもない破壊力を秘め、数秒後には間違いなくここへ落下して、この火砲も兵隊もろとも宙に飛び、命も鉄屑といっしょにべたべたと、この黒い土の上一面にばらまかれるだろうというのに、いったい何を考え、おれは、隣りの奴は、うすのろのような顔をして、呑気に、まばゆい太陽を眼を細めて見るときのように、「やあ来た、来た」と手をかざしているのか。

なかば口をあけ、右眼を標準鏡に押しつけて、落下中の爆弾が少しでも鉛直線からはずれてくれることを、私はあてにしていた。髪の毛一本違ってくれれば、五メートルはそれる。それだけでよい、それだけでよいとつぶやいていたのだが……。

人間の叡智のあるだけをしぼって創った爆弾投下標準機が落としたものだ。そんなわずかな間違いを許すわけはなかった。まっすぐに、正確に落下してきた。はじめ細長く見えていた爆弾が、ついに丸いビール樽のように見えはじめ、もはや運命もきわまったとき、ぐっと息を吸い込んでから、

「駄目だっ！　伏せろっ！」と絶叫し、砲座から飛びおりた。

私の足がまだ地面に着かないうちに、他の砲手はすでに自己の持ち場を離れ、平蜘蛛《ぐも》のように砲架の脚の間に身を沈めていた。掩体の上にいたはずの分隊長も、そこに伏せていた。直径五メートルの掩体の中に、直撃弾が飛び込まないという可能性はほとんどなくなっていた。


一瞬、空気は燃え、光は失せた。音も消えた。

眼底が黄色く染まり、徐々に暗くなった。

世界がぷつんとそこから切れた。

やがて、意識がまた黄色から復活しては来たが、自分の呼吸が止まっていることに気づくには、しばらくの間が必要であった。

息は止まっていたが、別に苦しくてもだえるということはなかった。ただ一心に呼吸せにゃいかんと思って、動く両手を胸にあてて強く押してみた。二度、三度、気管の細い隙間を通って、空気が肺に到達したようだった。ドッドッと血が急に堰《せき》を切って体内を駆けめぐり、頬が上気する。何か知らんが助かったのだなと思った。

至近弾ですんだのである。掩体の土盛りの半分を吹き飛ばして、私から五、六メートルのところに穴があった。弾薬壕が崩れ、弾丸が埋まり、媚山富重兵長が壁にもたれて失神している。

かすかに息はしているが、顔からの出血がひどいものだから、私はてっきり死ぬんだと思った。

気丈な彼が、やがて気がついて言った言葉が、

「佐藤、助けてくれ！」だったので、私はびっくりして、

「はいっ、申しわけありません。手当、おくれました」

夢中で、腰の三角巾入れをびりっと裂き、むやみに頭部の裂傷をぐるぐる巻きにして、

「すみませんでした」をくり返していた。

頭部を破片でやられ、顔を血で染めている戦友を見ても、自分の意志がなかなか正常にはもどらず、ただぼさっとそれを見ていたのだ。

負傷者に声をかけられてからはじめて、日ごろあれほど訓練を受けていた、応急手当という、為さねばならぬ私の仕事に気がついたやり切れなさで、心は滅入っていた。猛烈な爆風は、剛勇を自負する日本軍人の意志さえ弊履《へいり》のごとく奪い去るものなのか。

火の弾丸

第三波、四波、戦闘はやまなかった。黒い砂が一面に空をおおうたびに音は消滅し、静寂の中を、ゆっくり、ゆっくり砂や小石や、ドラム缶や木材の切れ端が落下してきた。

日本刀の長さもあろうかという細長くて、ぎざぎざのある鋼鉄の破片が、びしっと音を立て、私のすぐ横の盛り土の上に突き刺さった。焼けて紫色をした奴で、草が焦げて青い煙を

ぼっと立てた。

何十、何百の爆弾は、つぎからつぎと落ちてきた。しかし、私の分隊付近へは二度と来なかった。爆弾の吹き上げる土砂は、濛々と陣地の上空をおおい、砂塵の晴れ間に敵影を捕捉しては射ちつづけた。

山岸上等兵が、いまの被弾で伏せていた身体をぱっと起こし、遊底に飛びついた。だが、すでに真っ白に磨き抜かれていた遊底は、落下する黒い砂におおわれてしまっていて、閉鎖不能になっていた。

弾丸装塡寸前の被弾であったとはいえ、閉鎖せずに伏せてしまったのは、砲手として見にくいものに違いない。重い遊底を分解し、ウエスをひろげて手入れをはじめた。

「山岸、早くせい。高橋、手伝え、ぼさっとしているからじゃ」

「はっ、悪くありました」

黒い砂煙、青白い硝煙。二十メートル先の第二分隊の火砲も見えない。射てない。

だれかがその煙の中を横に突っ走る。霧の濃い夜明けの海岸のあわただしい、ただならぬ人の動きを思わせる光景であった。

「異状ないか！」

しっかりとした声が飛んできた。命があることをむしろ誇らしげに、少し笑みを加えた高声で、その服を砂で黒くよごした隊長が、晴れやまぬ煙の中に右手の軍刀を杖にして、すっくと立っていた。

「第一分隊、負傷二名、遊底閉鎖不能、その他異状ありません」

「遊底、どうしたっ」

「砂が入ったのであります。ただいま手入れ中であります」

「手入れ急げ。信管射撃に移れ！」

轟々と頭上を戦闘機が駆け、機銃掃射とダイビングをくり返す。やっこさんの十三ミリには、五発に一発の割合で曳光弾が入っているので、火の弾丸が棒になって前面、側面から、突き刺さってくる。味方の機銃は、たったの七・七ミリだが、負けずに山の上でうなりつづけている。

深さ一・五メートルの掩体の中をぐるぐるまわりながら、砲手は山さんの手入れのすむまで、機銃掃射を避けていた。

「山岸の野郎、大したもんだな。弾丸《たま》あ来ても、伏せもしねえ」

小野田喜一兵長が、私のそばであきれ顔でつぶやいた。

山岸上等兵は、悠々と強がりでなしに、自分が閉め忘れた償いは、一秒でも早く砂を抜き取ることであり、たとえ機銃の的になろうとも、作業の続行が死の上に置かれてあろうとも、これが戦闘遂行そのものであると徹しているように見えた。

「危ないぞ！　伏せろ！」と口々に言っても、

「大丈夫、当たらんわい」と手を休めぬ度胸のよさは、それを見まもるほかのすべての砲手さえ、ふてぶてしく落ちつかせているのであった。

信管0.5秒！　あの1番機だ！

二分隊の火砲は、ほとんど八十度に近い仰角で火を噴いていた。低空で襲う戦闘機の翼が空気を裂き、十三ミリやら、二十ミリやらが土をはじき飛ばす。すさまじい音の交錯。いかに声を枯らそうとも、隊長のそれは、はや十メートルもとどかない。

一番と四番の連携がくずれて、別々に目標を捕らえると、そんなことになる。隊長の号令は消え、分隊長の指示もあいまいになるのだ。

「二分隊、やりゃあがったな、だらしねえ」

だが、射たなきゃ、射たれる戦場で、群がる戦闘機のどれをねらったとて、その素早い航跡に、重い火砲はどうしてついて行けよう。

方向がどうであれ、九番はしきりに拉縄を引き、八番は黙々と弾丸を装塡する。もはや、号令も諸元もなくなっている乱戦の中で、砲手は勝手に自己の頭の中で、自分だけのデータをつくり出しては砲にあたえている。

火砲がおどり上がって弾丸を発射していることだけが、この切迫した状況を切り抜けさせていたのだ。

「手入れ終わりました！」

ガチャリと、遊底が弾倉に食いこんだ。サッと砲手が定位につく。

「分隊長！　目標どれだっ！」

「各個射撃だ！　待ち射ちだ。信管〇・五秒に切れ！」

「よしっ！　会田兵長、目標、あの一番機だ！　いいなっ！」

私は大きく伸び上がって、はるか右前方からまさにダイビングに入ろうとするF４Uの一団を指さした。わき目もふらず、その一番機（隊長機）を射ち墜とそうというのである。

右からまわって千ぐらいのところからクルリと反転し、突っ込んでくる奴を引きつけておいて、四、五百のところで信管〇・五秒でぶっ放せば、大てい破片をかぶせられる。うまくいけばバッサリやれる。

と、奴はまっすぐ来ずに右に逃げた。

「ちくしょう！」

砲身をぐっと右へ。

「四番！　おそい！　おそい！」

砲身はとっさには上がりきらない。各個射撃になると、一番の「よし！」の号令で弾丸が出る。

「まだか！　まだか！」

と山岸上等兵。

搭乗員の赤い「つら」が、風防ガラスを透して見えた。ゴーグルをかけた顔が、こっちをのぞいている。

「かまわぬ。射てっ！」

グワッとかぶせた。野郎の下へ出た。失敗だ。砲身が上がり切らなかった。

だが、そいつは、グラリと揺れながら、山をかすめて行ったきり、もどってはこなかった。

対空戦

戦闘のはじまる寸前、いつも隊長から、

「各自、鉄帽を着用せよ」

と、念入りな指示がある。

いつもそれだけは怠らず、緑色の擬装網をきちんとかぶせ、しっかりと顎紐を結んで、小学生が真新しい学帽を目深にかぶっているような格好で、掩体の上に突っ立っているのは、ここへ来てから第一分隊長に任命された岡田軍曹である。

略帽《りゃくぼう》のうしろの、日除けの垂れ布がじゃまだというので、手拭をねじって向こう鉢巻にしている、入隊前は大工をしていたという、私の向こう側に腰をかけた高度標準手の会田兵長は、いかにも威勢のよい姿である。

それとは対照的に、会田兵長とは同年輩だという岡田分隊長の、やや意気地のない所在なさそうな姿を、だれもが心の中で頼りなく感じていた。

砲手のだれもが、毎日の経験で、鉄帽をかぶっていたのでは、思うように機械の操作もできないし、爆弾をかぶって死ぬときは、こんなうすっぺらな鉄板は何の役にも立たないことをよく知っていた。だから、はじめのころは怖い一心で、かぶらないまでも、忠実に背負ってもいたが、いまでは弾薬運びのほかは、みんな、かなぐりすてて、せいぜい邪魔にならないよう掩体の土手の上に並べておくのが関の山であった。

対空戦がはじまるや、みんなは「だに」のように火砲にへばりつき、眼を鼻を、なめるように指針にくっつけて、夢中で細い曲線を追うのが精一杯の仕事で、ほかのことには頭はまわらなかった。事実、飛び込んだ破片で命を落とした者はいなかった。

重爆がいるかぎり、戦闘機は去らない。その名は艦上攻撃機F４Uボートシコルスキーである。そいつが三機つながって、いい角度でつっこんで来た。

待ち射ちでは、すべての指示は眼鏡手（一番砲手）にまかせられている。砲座の上で直立したまま、四番と呼吸を合わせて射つのである。

分隊長は、「信管零秒！」と言いやがった。

「やめれ、二分隊にかぶる。高橋、〇・二秒だけずらせや」

会田兵長は、分隊長を無視して言った。

零秒では、砲口破裂もしかねない。弾頭は、空気の摩擦で火がつくのだから、零秒でも砲身が裂けることはまずあるまい。だが、目標が左側に逃げたとしたら、横隊に砲列を組んである二分隊の頭上で、弾丸は破裂する。

会田兵長は、それを言った。分隊長は黙っていた。「射て!」の号令を、神経電流の分だけ早めて突っこんでくる奴の前方約百ないし百五十メートルでかけりゃいい。

一番機は、両翼で四つの十三ミリを狂ったように射ち込みながら、まっすぐにきた。翼がW型に折れた格好の悪いボートシコルスキーだが、スマートさがないだけに、われわれにとっては、精悍で侮《あなど》ることができない相手であった。

いただきだ。完全に眼の前で墜とせると思った。戦闘にも馴れ、引きつけて射つ辛抱もできていた。

心得て高橋伍長は、信管を〇・二秒ずらしていた。弾丸の砲腔初速は七百五十メートル/秒であるから、〇・一秒では、正解には七十五メートルから百メートルの間と踏んでおけば間違いはなかろうし、奴の前に出さえすりゃ、ひとりで破片をかぶってくれるだろう。

問題は〇・二秒で、奴は何メートル飛ぶかだ。つまり、奴らの何メートル先でぶっ放すかなのである。方向を変え、速力を変え、奴だってわれわれの盲点をついてくる。だから、計器射撃は役に立たない。

野戦では、しょせん訓練と、実戦で得た勘に頼るほかはない。それも、一チャンス一発である。日進月歩のアメリカ兵器にくらべれば、七・七センチ高射砲は、旧式そのものであろう。連発でないから、逃がせばそれきりである。

私の勘がまさに合致して、「よし」と言おうとしたとき、不意に砲身が急速に上がった。

何事ぞ！

「四番、なんだ！」

しかし、私の激しい詰問にも答えず、さらに射角は増しつづける。私は、何がどうしたのか、さっぱり理解できなかった。

山岸は拉縄に手をかけ、「いいか！　引くぞ！　引くぞ！」と請求する。ついに何の目標もない中空に、むだだまが出て行った。

私は、「射て」と言わざるを得なかった。戦場において、猛爆下の対空戦にしばしば見られる不可思議な、恥ずべき現象……。

『火砲が直立し、わけもなく火を噴き上げる』

平常のいかなる訓練時にも、とうてい見ることも、考えることもできない、不名誉な現象。ついにおれたちもそれをやった。四番がとは言うまい。一番にもその責はある。人間の神経の限界と、五官の錯覚が、一、四番の連携不充分を生んだのである。

会田兵長は、急上昇で逃げた二番機を追ったのだった。

今夜の寝物語の笑い草に、それはなるであろう。『一分隊もついにやったか』という主題で。

「何をしているかっ！」

鋭い叱声が飛んできた。

「砲手交替しろ！」

中隊長からであった。

「おっ！　新田、お前やれ」

会田兵長は、みずから飛びおりると、同年兵の新田義夫上等兵に大声でどなった。

「よすっ！」

青森県出身の新田上等兵は、その漁師で鍛え抜いた太い腕で、厚い胸板をどんと叩いて元気よく飛び乗った。馬力ある腕っ節で、転把をぐいぐい回すと、さすがに重い砲身も、軽々とぐぐっと上に向いていった。

「新田、抜かるな」

「おーっ！　あれか、目標は。オッケー」

と、剽軽《ひょうきん》に言って、砲身を目標の射角に固定した。

三波の一番機にねらいをつけた。数をたのんで、かぶさるように突っ込んでくる奴を眼の前まで引きつけ、有無を言わさず、山岸は大きく引き金を引いた。弾幕に目標機がかくれる。海へは落ちない。火も噴かない。ただぐらりと揺れ、高度を上げ、前方の山肌をぐるりと右にまわると、機首を下げて見えなくなった。

おかしな飛び方だ。しかし、山を越えりゃ敵さんの陣地だ。負傷したパイロットが脱出したって、飛行機が不時着したって、こちらからは見えはしない。

最後の幻想

ロッキードP38が双胴を銀色にきらめかせて、ごつい音の二十ミリを乱射して、頭上をかすめていったのを最後に、その日の戦いは終わった。

耳の奥が「しーん」と鳴って、静寂に馴れたころ、負傷した媚山兵長が「大丈夫だ」と答えて、土に寄りかかって戦友とかわしている問答の小さな響きが、別の世界から聞こえてくるようであった。

紫の硝煙が一面にただよう中で、真鍮の太い針金の植《う》わったブラシを、絞りのきいた砲口から、きつく挿入して、五、六名の兵が整斉と掛け声を合わせ、砲身の手入れにかかっていた。

「おい、山岸、一服すわせろ。ふーん、やっぱりあめえなあ」

煙草の煙が砂糖のように甘いのが不思議で、ふだんは喫《す》わない私だったが、戦いが終わったあと、だれかが嚙みつくように喫っているのを、一服もらって、甘さを確かめるのが常であった。

赤道直下の太陽に、ギラギラと照り輝く黄金色の太い薬莢は、まだ紫色に焼けていて、それに触れている土や草からは、もやもやと煙が立ち昇り、もう五、六分もたっているというのに、いっこうに冷める気配がない。

7.7cm野戦高射砲弾丸

編上靴でけとばして、掩体の隅まで持って行き、ぼろきれでつかんで、「あっちっち」とおどけて壕の外へぶっとばした。合計九十二発。

「ひえーっ、射ったなぁー」

「明日の分、あるかや」

終わったとたん、つぎの戦闘の準備がはじまる。おそらく、今日はもう来ないだろうが……。

きらり、きらり、がらがらがらーん、きらり、きらり。太くて長い薬莢がつぎつぎ放り出されて、壕の外を転がり、海のはざまに落ちていく。

草に身を沈めていた私の回想は、爆音が遠のくのと同じように、静かに閉じていった。そして最後の、きらりと光った幻想が、『そうだ、戦争が終わって命があったら、あの太いすばらしい薬莢を、ここへ拾いにくるのだ』と突拍子もない思いつきを、心に叫ばせた。

「さあ、帰ろう、もういいべ……」という声につられて立ち上がったが、そのときのたわいのない思いつきが、なぜか心に残っていて、年を追うごとにしだいに強くなってきている。

戦友の骨

たしかにおれの身体が、あそこでうごめいていたのだ。サラモアの海岸に残してきた無数の足跡。それを証明する何物も、いまは残っていないものなのだろうか。

小高い丘の中腹に埋めて来た、六つの戦友の骨はどうなっているのだろう。かわるがわる、円匙（スコップ）で掘った赤土の穴へ、大事に取っておいた一装用の編上靴を履《は》かせ、毛布の上から、日の丸でつつんで寝かせてきたあいつの骨は、きっとある。それを、その場所を知っているのは、いったいいま、何人いるというのだ。海岸の砂を、こんなふうに掘ったら、真鍮でできた薬莢の一本くらい、くされずに出てくるはずである。

おれは、その捨てた場所も、はっきり指示してやるのだ。

砂丘に腰を降ろした私は、右手でゆっくり砂を掻いていた。指の先に、こつんと半透明な石が触った。石英の表面に、いぼのような白い長石がひっついた、小さな平べったい石であった。

なんの変哲もないその礫《れき》をポケットにしまいこんで、なんとかしてもう一度、行ってみたい遙かな「ラエ」の海岸を、ここに見い出そうと、私は暮れかかる砂丘の上に立ちつくしていた。

　そして、今日のこの孤独な追憶の果てに、おれの手に迷い込んできた、うす紫のあばたの小石を「ラエの石」としよう、とポケットの中でまさぐりつづけていた。

第二部

頂上アタック

果てしない岩だらけの急斜面が、白いガスのかかっている上方へ、ずーっとつづいていた。毛布を幅三十センチ、縦四十センチくらいに千切ったものを尻にだらりと吊るし、しょぼつく霧雨の中を、雑木の杖《つえ》を右手にして、「ほーっ」と見上げているS兵長の、精力を使い果たしたがっくりした後ろ姿に、すぐ後ろで同じように立ち止まった私は、「ふん、なんじゃい」と、はき捨てるように口の中でつぶやいた。

食う心配がまったくなく、新兵の私たちにばかり仕事をさせ（私はもう二年兵であったが、新しく入隊してくる者がない戦地では、いつまでも新兵であった）、たかが一階級上なだけの三年兵は、上官という名の下で、われわれ初年兵をしごきつづけてきたのである。中でも非情な鬼兵長が彼なのだ。

「いったい、兵営でのあの体面は、どうしたんですかい」

私は心の中で、小気味よく罵声をあびせていた。

食糧のない、ジャングルの二十日間の行軍は、彼も我も同じ生き物以外の何者でもなくしてしまった。一片の乾パンの所有量の多い者が優位に立つことになってしまったのだ。

彼は私が塩を持っていることを、うすうす知っているらしい。

いま、塩は命と同じくらいの価値がでてきたのである。馬鹿な奴は砂糖をゴム袋につめてきた。もっとも単純な科学的知識が、私をして人より一缶だけ多くの圧縮塩を持たしめたのである。米がなくなってからは、草を煮て塩を落として食ってきた。塩の切れた者は弱っていった。

この先、何日歩かなければならないか、全然見当もつかない行軍では、だれも少ない塩を分けてやることにいい顔はしなくなっていた。

「膝がガクガクして登れんわい。どこまでつづくんかなあ、おい」と、彼は変に媚びをふくんだ声で話しかけてきた。

「はあー、たまらんであります。あの霧のあたりが頂上だと助かるんでありますが……」

二年兵の私は、口先だけは兵営の習慣そのままに絶対服従の言葉を返したが、心ではこれも徐々に抜いて捨て去ろうと、そのとき決めていた。

過去、彼は、陰《いん》にこもって私をいじめた。強い戦力をつくる、というそれだけに徹して鍛えるだけではなかったように思う。私の顔つきが反抗的だといっては、ときに三十発もビンタを食わせやがった。理由は簡単だ。私が中学校を出ているからである。

そのころ中学出や大学出の連中は、内務班の古兵の餌食にされた。つまり、「学があると思ってなめるな」というやつである。ひがみ根性である。

食事当番のとき、薬罐《やかん》の湯の注ぎ方が気に入らぬと言って、頬の内側の肉が裂け、真っ赤な血がいつまでも止まらぬくらい念入りになぐられたことがあったが、どうもそいつがあっさり忘れられないで、いつまでも心に残っているのだ。

「くそっ！　ひとかけらの塩もやるもんか」

私は、やはり若い人間であった。自分が生きる――それしか考えない、裸の人間感情しか持っていなかったのだろう。

「お先に失礼します」と言えば、はっきりさからうことになる。だから、我もまたよろよろとしばらくは付かず離れず、ごく自然に、眼に見えないほどの歩幅を一歩一歩、増していくことによって、鬼兵長から離れていった。

二時間もすると、彼は二十メートルの下にいた。それは、もはや手のとどかぬ距離とはなった。今日までの五日ほどの間に、私から二十メートルもおくれた者は、ふたたび私の前にその姿を見せることはなかったからだ。

前の兵士の踵《かかと》が視野から消え去ったとき、そいつの運命は絶望的であった。

鬼は岩に腰を降ろした。そして、死んでいっただれもがしたように、杖を両手で握り、黄色く痩せた頬をひきつらせ、悲しげな眼差《まなざ》しでじっと上を見つめていた。

私はそれ以上は後ろを振り向かず、非情に歩きつづけた。おれが生きるという戦力保持のために、私情を捨てようと、もっともらしい言いわけを、何度となく心に言い聞かせながら……。

岩だらけの道は、登れど登れどつづいた。頂上らしい気配は、幾度となく頭上に現われては私の期待を裏切った。私の前後には人影もなくなった。私も徐々におくれだしたのである。あきらめて、もはや決して上を見ずに、足元のごつごつした岩だけへ、身体を投げ出すような前傾と、ふてくされてのろのろと、いやいやながら一歩ずつ踏みだしては十センチか二十センチずつ、申しわけのように登りつづける作業を、何時間もつづけていた。

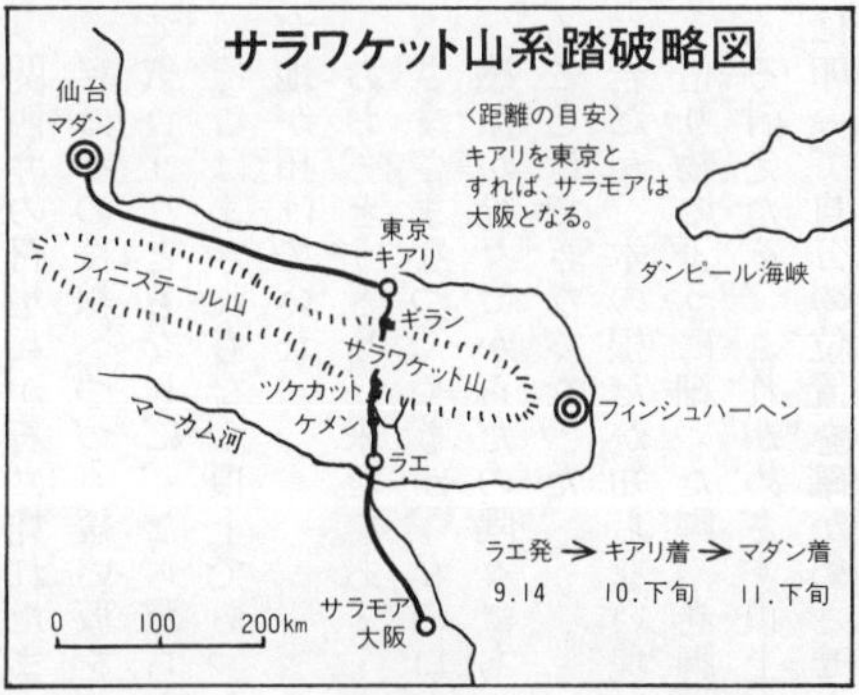

その単調で辛いエネルギーの消耗作業を、この先どれくらいつづけられるのであろう？

不安がしだいに黒雲のように胸にひろがりはじめたとき、ふと見上げた瞳の中に、案外に明るい白い空が、すぐそこの稜線をくっきりと眼の前に浮き上がらせている風景がとびこんできた。

頂上アタックに出発してから、優に七時間は費やしている。

「頂上やでぇー」

前の兵士の力ない声が降ってきた。

「だまされんやろなあー、ほんまかい」

関西弁の召集兵が石に凭《もた》れたまま、表情も変えず、大儀そうに返した。

私はその稜線へつづく緩い坂を、これが最後の登りであってくれと念じつつ、だが、さして気負うこともなしに、だらだらと登りつめた。

そこはまぎれもなく頂上であった。私の眼前に、暗い灰色の平地が果てしなくつづく頂上台地が拓《ひら》けていた。

おお、とうとう、来たなあ……。

さまざまなつぶやきが、私の口を衝いて出ていた。

感激が徐々にからだの隅々にあふれてくると、私の脚は急に力が抜けて、体重を支えていることはできなくなった。

岩だか、木の根だか知らない塊《かたまり》にどっと腰を落として、しげしげと自分の脚を見た。

借り物のように細った脚、巻脚絆が泥まみれに乾いてぐるぐると巻きつけられていた。よくぞ耐えたぞ、これがめざす頂上だ。気が遠くなるほどだるい脚を、巻脚絆の上から小刻みに叩いて自分の位置を確かめさせた。そうしないと、この脚はもう歩いてくれないだろうと思った。

ラエ出発から三週間はたっている。私の身体には、もういくらも気力が残っていない。体力はとっくに限界をはるかに超えていた。

だが、ここまでくれば……。この眼の前の台地とて、果ては見えないが、何ほどのことがあろう。

冷気は厳しいが、まだ日はある。よし、ここを越えるのだ。呼吸をととのえ、新たな力をふり絞り、すっくと立ち上がった。そして、登るときとは打って変わった一歩を踏み出している自分の姿に、生へのパスポートを神から授かったときの、だれもが露骨に現わす利己的な僥倖《ぎょうこう》感がにじみ出てはいないかと警戒した。

すぐ傍らに草をつかんで青白く事切れている兵士に、また気力のありたけを出し切って、ようやくここまで辿りついていながらも、手にした杖をいたずらに震わせている落伍者に、私の持っている余力を気取らせるのは酷であるからだ。

明らかに個人の持つ体力の差が、彼と我との距離をつくってしまったには違いないが、我にかすかな力のあるかぎり、軍は原則的にその力を全体に捧ぐべきものと定義づけさせていた。

見知らぬ顔の落伍者に、「がんばれや……行こうぜ」と短く言って、よろけてその前をすぎた。

若いのに口ひげが伸びていて、マラリアで黄ばんだ顔色をしたその兵士は、わずかに顔を引きつらせ、眼でうなずいただけであった。

ふり返ったが、その黒い影はいつまでも動かずにいた。

ここは赤道直下、東部ニューギニアのラエの北方約百五十キロの地点に聳《そび》えるサラワケット山の鞍部、四千五百メートルの頂点である。

昭和十八年九月十四日、マッカーサーに包囲されたラエ一万の日本軍は、玉粋を捨ててキアリの安達部隊に合流すべく、行程二百キロの人跡未踏の大ジャングルに分け入ってはや二十日。道なく、食なく、ようやく死の行軍の形相を呈して来たいま、最大の難関、寒気と泥《でい》濘《ねい》のサラワケットの嶮《けん》を過ぎようとしつつあったのである。

栄養失調で、ほとんどの者は倒れる寸前だった。私ももちろん、その中の一人である。一日五勺に節してきた米粒は、五日前に切れた。今朝は草の根を煮て塩をかけて食ったのだ。

そして、ここまでの文章は、この話の最後の事柄に属するのである。

爾後しばらく、私がこの頂上台地を越える話の途中で、いままで私が歩んできた道のりへの回想をまじえて綴ってみたいと思う。

時間を逆に逆にさかのぼっていく私の話は、読者にしばしば混乱をあたえるだろうが、その時点、時点での独立した情景の中で、私の体験した感情の動きをわかってもらえれば幸いと思う。

登頂の朝

今朝のことであった。

「一気に登れ。夜を迎えずに湿原を越えることだ。とにかく一歩でも山を下りることだ。それが生きる道だ、ここまで耐えて来たお前たちが、ここで倒れてはならんぞ。勇気を奮い、かならず突破してくれ」

標高三千五百メートルのツカケットの渓谷が、冷えびえと靄《もや》につつまれて明るくなり、清冽な谷川が朝の光に白く浮き出されたころ、岩と同化して眠っていた兵士が、朝の冷え込みに耐えかねて、もぞもぞと動きはじめた。

隊長は、上流の大きい平らな岩の上に立った。

隊長の訓示だと言うのに、整列もせず、起立もせず、何か得体《えたい》の知れぬ食い物をてんでにかくすように、もぐもぐと口に運んでいる兵たちに向かって、「みんな、よく聞け」と隊長は、さらに言葉をつづけた。

その右手には、平常のごとく柄の長い反《そ》りの少ない日本刀がしっかりと杖になっていたし、軍帽も将校服も濃い緑であったから、まだ指揮官としての重味は充分にそなわっていた。

先行した大隊本部からの伝令があったという。

満州の城子溝三六一六部隊から同じ中隊で一年先輩の三年兵の山下隆吉兵長は、なぜかは知らぬが、この転進がはじまるちょっと前に、われわれの中隊から大隊本部へ転属になったのである。

本部付伝令、それが彼の任務である。その彼は、命令を伝えるとすぐに帰って行ったという。

食糧もないはずだが、この急峻を降り、ふたたび登って行ったとは、いまのわれわれには信じられないことであり、何か超人的な生命力を彼に感じた。

「大隊本部からの連絡事項は」と、隊長はつづける。

「本日の行軍こそ、天下分け目である。これから数時間を費やして頂上に達する。頂上付近は氷点下であるというから、夏衣袴一枚のわれわれにとって、夜を迎えることはきわめて危険である。日の沈まぬうちに下山の途につかねばならぬ。頂上は湿原で野営は不能である。各自、勇気を出してかならず突破せよ、とのことである」

陸士時代に肋膜をやった隊長は、細い声を一段と張り上げて、

「今朝は七時に当地を出発する。出発用意をせよ。なお、犬塚剛士少尉は昨夜、ついに落伍した。当番兵の高橋清一上等兵の報告によれば、少尉は赤痢を得て動けぬゆえここで果てる、おれを見捨てて行け、と高橋の任を解き、無理に本隊を追わせた由である。まことに残念なことであった。以上」

ぷつんと切れて、隊長は岩からおりて、まわりの兵に混じった。

「犬塚少尉どのもだめか」

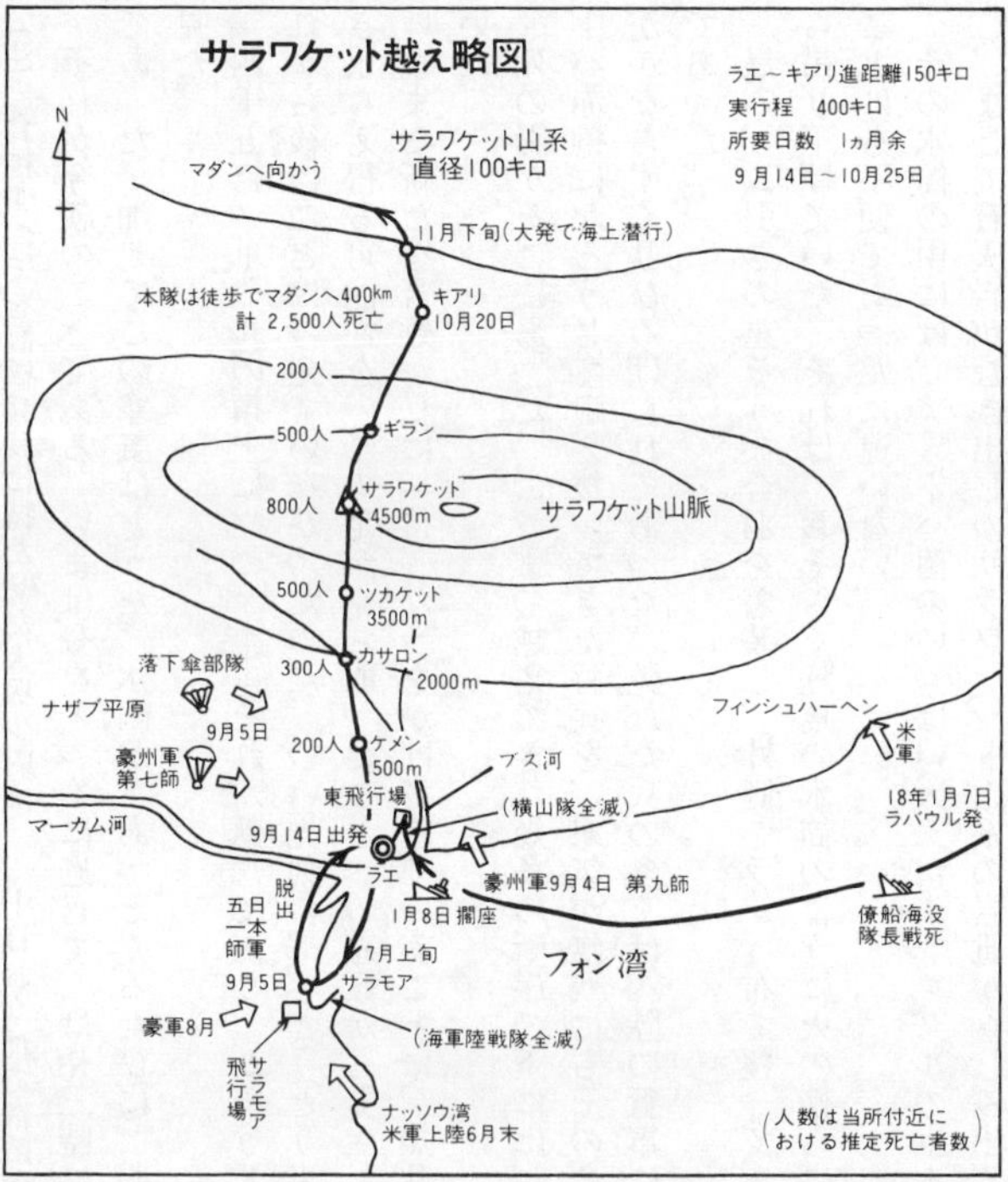

「赤痢じゃのう、助からんて」

河原の石に背をもたせかけたまま、兵隊たちはそれぞれに感慨をこめてつぶやいた。

「頂上は雪だとよ」

「ここで、この寒さじゃ、そうだべや」

「この服で、もつかな……」

寒さにたいする懸念は、ただちに死へのそれに置き換えられる。ここは赤道直下だというのに……と、幾度となく見えぬ頂上へ、私も瞳を走らせていた。

（注、食糧すべてを高橋兵長に持たせた犬塚少尉は、二十日おくれて奇蹟の生還をなした）

それが今朝のことである。いまは昼をとっくに過ぎて、はや三時に近いのだ。それが不安であった。加えてこの寒気はどうだ。氷雨《ひさめ》がさあっとくるたびに、眼を吊り上げて行く手を見た。

「四千五百メートルの頂上に立つ」――それが執念であり、かろうじてそれを達したが、それから後《あと》のことは考えていなかったのだ。つい先刻の、「とうとう来た」という感激は、生き永らえ得る可能性を、この足が克ち取ったことへの感慨から発生したものであってみれば、いままた新たな苦難が私に「待った」をかけてきていることに、焦りと恐怖を感じはじめていた。

死の影がそこにあった。ここまで越えてきた幾多の断崖の下には、飢えとマラリアとアメーバ赤痢にかろうじて耐え抜いてきた将兵を、寒気が無残にもその命の灯をもぎ取った光景がかならずくりひろげられてあった。斃《たお》れた兵の多くは、陸の行軍に不馴れな海軍さんたちであった。

黒いゴム引きの重そうな合羽を着装し、外側をラシャ布で覆ってある、平たい水筒を肩から吊り下げていた。それは、おそらく陸軍の水筒のように火の傍らにくっつけて湯を沸かすことにも不便であったに違いない。

その水筒の中には、アメーバ菌のいっぱい入ったジャングルの生水がつまっていただろうし、まして石灰岩がむき出しのサラワケット山系の岩肌からしみ出る泉水は、強度の硬水であったから、安全な飲み水にするためには、煮沸して石灰分を炭酸カルシウムに変化させる必要があったわけである。

だから、それをしない海軍さんは、いかに強靱な体軀の持ち主であろうとも、マラリアとアメーバ赤痢と、強度の硬水を向こうにまわしての飢餓行軍に耐え得る道理はなかったのである。

海にはマラリア蚊はいなかったろうし、石灰水もあろうはずもない。だからこそ、陸へ揚がったとき、十二分に指示があったのだ。〝水を沸かせ〟〝キニーネを欠かすな〟と。

しかし、経験のないことは悲しい。だれもがはじめはそうであったように、海軍さんは、マラリアと生水《なまみず》を甘くみたに違いない。精神力でここまで来たが、ついに木の枝の杖を両手にしっかりと握り、顔を紙のように白くして、ぼろ屑のように死んでいった。

山頂に近づくにつれ、その数は三人から五人と増してきた。奇態なことに、その屍《しかばね》のいずれもが手足を異様にくねらせ、前にのめり、あるいは拳でしっかり物をつかみ、死に切れぬ残心そのままの姿を、岩肌に横たえていたことであった。

生きて足が動いているかぎり、だれも彼らのために立ち止まる者はなかった。

国に殉じた兵の形相が、強烈に私の眼底に焼きつけられても、私の感情はわずかに、それは自分自身ではないという確認にまでしか動かなかった。いったい、何がこのおれから人間らしい感情まで奪い去ったのであろう。

「おい」と、前の奴が眼配せをした。飢えと疲労に声も出ない登りで、「おい」と私をうながすには、よほどのことがあるのだ。

そいつの眼の方向に顔を向け、思わず「ひでえなあ」と小さくつぶやいて、それきり黙って登って来た私である。

急峻の荒い岩肌の根方には、ざっと数えて二十いくつの屍が折り臥していたというのに……。それすらも、ほんの一枚の絵がそこにあったにしか過ぎないというこの冷酷さは、いったいどうしたことなのだろう。

いまはただ、ひとり歩くことだけ考えていればよいのか？　滑り落ちて死ぬ瞬間まで、自分が死ぬなどと考えてはおられないのである。

意志や感情までもが失せてしまった肉塊。昆虫が本能だけの衝動で、それ自身の身を焼く火に向かって無表情にもがいて行く有様に、まったくよく似ていた。私は苦しい息をしながら、登りつづけてきたのである。

どんよりと眠りつづけていた私の心が、いま頂上を見たとたん、生への可能性を肌に感じ取ったせいであろうか、パッと開けた感じがした。頭が正常にもどり、過ぎたことや、これからのことなどさまざまに想いめぐらしはじめた。

泥濘の湿原

おれが生きられるかも知れないと考えはじめたのは、何ヵ月ぶりのことだろう。生きられるとしたら、おれの将来にふたたび、あの内地の土を踏み得ることが実現するということを意味するのか。

内地、肉親、それにつながる故郷の広い田んぼ、それらにふたたび会えるというのか。紫雲寺潟を開田した広い蒲原《かんばら》を、ずーっと果てから見えがくれに突き切っている葦の茂った落堀川などを心に浮かべるたびに、どっどっと心臓が鳴った。

もし、もしもだ、この道がついには内地につながっているとすれば、なんて素晴らしいことなのだ。考えてはならないことなのか。ああ内地……、ひとりのときだけ許されるこの思慕に、私の身体はぶるるっと震えた。

行く手の湿原は果てそうにもない。冷雨がさあっと来て上衣を濡らした。半袖と半袴の下から覗《のぞ》いている素肌が冷えて、一つ一つの毛穴がいぼいぼにふくらんで、ざらざらと外被にあたって音を立ててきた。

すねまでもぐるひどい泥濘である。熱帯高地特有の湿地帯なのだ。前を行った兵士の軍靴に踏みにじられた赤黒い小道が、谷地《やち》原をうねうねとどこまでもつづいている。

私の編上靴は、もうとっくに半張り皮の糸が切れて口を大きくあけていたから、通信用の黄色い被覆線を拾って、それで縛ってなんとか保たせてはいた。だが、足を引き抜くたびにぬるぬると泥が入りこむので、はや剝《は》げたか、取れたかと気にしながらのろのろと歩いた。

急に冷たい霧が濃くなったかと思うと、視界は十メートルも利かなくなった。私の周囲にはだれの姿も見えなくなった。足が重くて進まない。中隊の最後尾であろう。

朝からの登攀で、体力はほとんど残っていないが、仰げば日はまだ高いので、ここで落伍して夜を迎えようとは全然、考えてもみなかった。

「なあに、もう一時間も歩けば、この原も終わりだろうて」

内地の山がすべてそうであったように、この山の頂上だって、さして広くはあるまいと思った。

孤独であった。ひとりになると、足はいっそう鉛のように重くなって、「峠は長いぞー、かならず突破せよ」との今朝の隊長の言葉が、不気味な影を心に落としはじめてきた。

寒冷のこの頂上を日のあるうちに越さなければ、この夏袴だけでは夜を送ることはできないだろう。私は倒れずに全身の力を抜いて歩いた。

「ぎょうさん、ここで死んだのやでー。がんばって行こうぜ」

ついさっきまでいっしょに登ってきた中隊の連中は、青い顔をひきつらせて、何か得体の知れぬ不吉な運命が迫っているときのあのいやな予感に、だれもが一様に本能をゆさぶられていたので、立ち止まって肩で息をしている戦友を見ると、そんな言葉をかけては、前へ行ってしまった。

いままで組んでいた隊伍も、すでにそのとき、だれからの指示も受けず、なんの制約もなしに崩れ去っていた。

この行軍でしばしば経験したことではあったが、自己の生命が、自己の判断と僥倖と体力の有無によって定まると直感した直後から、集団は即座に解体する——それがまたくり返された。

各自の持つ体力の差は、生きるためには何の足しにもならない規律や約束ごとを忘れさせ、ある者は速く、ある者はのろのろと、自己のペースで歩くことをはじめさせ、たちまち第二中隊は消え去っていた。

その現象は、わずか二十分ぐらいでけりがついてしまうのである。

「おー」と声をかけ、「歩かねば死ぬるぞー」と、私を抜いて、隊長も案外しっかりと歩いて行ったのも、つい先刻のことであった。

突然、霧の中から巨大な、鬼羊歯《おにしだ》の群生が現われた。幹の太さは三十センチもあるだろうか。

根元から三メートルほどの葉の付け根まで、トカゲのように不気味な鱗片でおおわれ、そこから硬い胞子葉が四方に伸びていて、霧が去るたびに、そのうす黒い奇怪な姿をざわめかせていた。

鬼羊歯は、数本の群れになって、根元にはごく細い雑木が這《は》うように入り組んで生《は》えていた。

気温は日中というのに五、六度、それに異常なまでの湿気だ。傲然と不死身の鱗を見せる巨大な羊歯、恐竜でも現われそうな光景の中を、だれとも連れ立たず、冷たい泥の中に根を張った雑木の根っこに蹴つまづいてバランスを崩したとき、嫌気がさすほどはかどらぬ自分の歩みと、刻々と迫る夜気への怖れに、果て知れぬ行く手を見ては、もう歩くのはやめようと思った。

わずかに牛蒡剣《ごぼうけん》一本、銃も弾倉も、二週間前にとっくに燃やして暖を取った。手投げ弾二発と五発つなぎの小銃弾薬一連だけを上衣の物入れにつっこみ、たったそれだけの戦力で、靴も夏衣も使用の限界をはるかに超えた品物を身にくくりつけて、光もささぬこの陰気な頂上で、癪にさわる泥水から何とか逃《のが》れたいと、ひょろり、ひょろりと、つかめるものなら何でもつかんで歩いていた私である。

何も食わず飲まず歩いて、はや半日は過ぎた。ようやく暗くなってきた。南方の夜は六時半になると、パタリと闇になる。たそがれはない。

昼から正味五時間は歩いた。だが、降り口への気配はまったくない。足を止めるわけには行かぬ。止まったところが墓地になるからだ。

生か死か、その瀬戸際が、どうやらやって来たのかと思った。足はいまにも止まりそうである。体の力がなくなると、生への執着がしだいに薄れてくる。もうどこへでも寝ようという欲求が、大きく心を占めてしまうようになっていた。

危機感がまったく影をひそめてしまった。外気温は相当、低かろうはずなのに、その寒気も、孤独も、まったく心の中に存在しなくなっていた。

止まれば死だと、みんなが言っていった。でも、止まっても、死ぬような気はしなくなっていた。

「火を焚《た》けばいい……マッチはある」

マッチは油紙にしっかりつつんでいた。ただ果たして、この先に、この道の行く手に、今夜の安らぎの時間があるのだろうか。うまく木の枝があり、火を得ることができるとすれば、それはなんと幸運に恵まれた男におれはなるのであろうか。

冷たい霧だが、噂の雪も来ない。もし一夜を送れたら、「山を越せあー、友軍だぜ」その合言葉どおりになる。

この危機に際しても、私の頭の中はいっこうに焦らなくなっていた。月はまだ出ないので真っ暗になった。

念願の頂上に辿りついて、いま、生きる可能性の九十パーセントのところを歩いているのだろうか。

行く手は暗く、茫然としている。折って燃やせる木立も見当たらない。

故郷慕情

内地へは夢だ、夢だ……。所詮かなわぬ、思うべからざる望みであったのだ。

ただ、過去二年間の軍隊生活で、すっかり習慣になってしまった故郷への回想が、性懲《こ》りもなくまた、胸にひろがりはじめた。

初年兵のとき、満州の曠野にそそり立つソ満国境の山を遙かに臨み、その白い頂きの雪を

指し、

「おめえら、あの山が三度白くならにゃ、内地に帰れんのやでえー。おらあ、もう三度目の雪山を拝んでしもうたわい。へッへッへ、じゃ〝申告致します。佐碧伍長以下六名、本日をもって、現役満期につき内地三六一六部隊へ原隊復帰を命ぜられました。ここに謹んで申告致します。敬礼！〟てえなもんやー」

ひげ面で顔がきりっと締まっていて、背の高い四年兵の兵長が、もうすぐ進級することと、いやな軍隊から抜けられるという嬉しさで、われわれ初年兵が凍えた手で食缶返納に行ったりすると、まるでそれを待っていたかのように、傍らの同年兵の炊事兵長とかけ合いで、わざとわれわれのノスタルジアを掻き立てるような遠いまなざしをして語ったものである。

「内地」――何というせつない響きを持った言葉であったろう。軍営の厳しさ、滅私の大義の中では、タブーの言葉なのだ。

暖かいおふくろの味のする言葉。肉親や、落堀川へ通じる前川をおおっているグミの赤い実を、川舟の上からもぎ取って遊んだ煙るような初夏の匂いのする言葉。

六月のさ緑の河原に光る葦の葉先をゆすって囀《さえず》るチョチョズ（よしきり）のとんまな顔。いや、松林の杉苔の絨毯《じゅうたん》の中にむっくり頭を持ち上げている赤茶けたばばごけ（あみたけ）の点描さえも、沸然と湧いてくる響きを持った言葉なのである。

食缶の底の飯粒を指先で洗い流している初年兵も、担い棒を横に持って洗い場の順番を待っている私も、みんな素知らぬ顔をして無関心を装っているものの、〝内地〟〝帰る〟とい

あゝ駄目だ！　内地へはもう帰れぬ

う言葉のショックに、喉仏《のどぼとけ》をごくりと鳴らし、心の溜息を指先の震えに託していた。

　宙を飛ぶ私の魂を、荒漠たる満州の野に引きもどし、眉間に深い縦皺を一本刻み込んで、さっと直立不動の姿勢を取り、

「佐藤一等兵、食缶置いて帰ります！」

まあ、なんと馬鹿らしい大声であったろう。そうでもしなければ、断ち切ることはできない想いでもあったのだ。

「おう、帰れ」

　横柄な炊事係のたんちゃん（三年兵で進級できないでいる一等兵）の返事をもらって、満州萩の茂る小径を、同年兵の松本広次一等兵と連れ立ち、炊事幕舎から五十メートルも離れたころ、ようやくほっと太い息をついてから、

「ちぇっ！　内地にいれや、あんな野郎、もんじゃねいや。いばりくさって、どうせ百姓のせがれだっぺや」

栃木県出身の松本は、「だっぺ」というなまりがあった。言葉の終わりが「だっぺ」であったので、それが面白くて、戦友が真似をしているうちに、いつしか、自分たちも「だんべ」と言ったり、「だっぺ」と言ってみたりした。

内地へ帰りゃ、兵営の鬱憤も、地方人として対等の立場で面と向かって晴らせる――帰れるはずのない内地への思慕は、そんな形にも出てくるのだ。

五月、満州の野は一面の鈴蘭となった。

日曜外出は、東寧の町へは行かないで、班の三年兵の媚山富重兵長と、三六一六部隊の燃料壕の裏手の山道を辿って、城子溝の停車場の見える丘のあたりを歩いた。

内務班では、怖い三年兵も、ほとんど何もしゃべらず、黙って真っ白に咲いている鈴蘭の中に臥向けに寝そべって、迎春花《インチュウホア》の赤い花を手折って私に渡した。

五月の太陽は、柔らかく私たち二人の片方を照らしていたし、山の涯っぷちの岩かどに、あんずの木がたった一木、きびしい寒さを耐え抜いた黒い細い枯枝を、ごつごつと伸ばし、その先に鮮やかなピンクの花を大陸の青空に染め抜いていた。

つい先ほどまでの、びりびりした内務班での生活が、どうにもやり切れなかっただけに、せめて人間並みに、この時間を一分でも長く私の手の中で温めておきたかった。

私は花をしげしげと見つめた。赤い冷たい花弁を頬に押しつけると、頬の温かさで、やがてぐったりしおれて掌におちた。

〽いんちゅーほあが咲いたなら、お嫁に行きます隣り村……

もはや私とは別世界に住んでいる地方人（兵営外に住む一般人の総称）が、まだこんな甘いムードの歌を流行《はや》らせているのがやり切れなかった。

見渡すかぎり人の影も、土でできた住民の家も見えない緑の草原の、しーんと音のするような静寂の中、すべからざる禁を犯すような気持で、春の野を恋人と自由を満喫している姿を想像していた。

仰向けになって、自分にだけ聞こえるくらいの声で、「帰りてえなあー」と小さくつぶやいた。

その日はこんなことがとても嬉しくて、しおれた花片を押し花にして母への手紙に入れてやろうと、内ポケットから作戦要務令を引き出した。そして、まだどうしても暗記できなくて野外演習のとき、上官から叱咤の種になっている歩哨の任務の頁に挿《はさ》んでおいた。（あとの話になるが、このときから五年後、命あって故郷の土を踏むことができたわけだが、母の手紙に入れて送った迎春花《インチュウホア》の花弁は無事、家に着いていて、色も褪《あ》せずに便箋の間にはさまれていた）

おりから山裾を黒い貨車が白煙を靡《なび》かせて、まったく何もない原野をのろのろと縫って行く小さな姿が見えた。

向こうの山に木霊《こだま》して物悲しく気笛が響いた。なぜかそのとき、ああ駄目だ、帰れないと胸をしめつける思いが溢れて、内地の方角へ去って行く汽車に、いつまでも瞳を凝《こ》らしていた。

内地は宝石のようなものであった。内地へ帰れるものなら、どんな重労働でもいとわないし、どんな物でも欲しくはなかった。

冷たい湿原を歩きながら、私の命がもうすぐ終わるときのように、回想はばらばらになってつづいた。

甘い錯覚

私が日本の山影に最後の別れを告げたのは、昭和十七年の十二月の末であった。十七年一月十日、立川の七十八部隊に入隊して、三ヵ月目にはすでにソ満国境の警備についていたのだから、戦時下の若者は、ろくな訓練もなしにいきなり第一線に放り込まれたことになる。

ちなみに、大東亜戦争がはじまったのは、私が入隊する一ヵ月前の昭和十六年十二月八日であったから、私たちは当時の日本の存亡を一身に託され、文字どおりはなから命は捨て切って勇躍、軍営の門をくぐったのである。

満州で十ヵ月、陣地に冬が来て、防寒服の上から零下十度の夜気がばりばりと肌をさす不寝番の勤務がつづきはじめた十二月上旬、突然、南方派遣が下命された。

昼夜を分かたぬ陣地変換、何十キロの彼方から一日二往復の弾薬輸送、不眠不休の重労働が三日もつづいて、十二月中旬には五日間の列車輸送の果てに、朝鮮南端の釜山港に集結した。

食糧、弾薬そのほか一切の戦略物資を満載し、釜山を出港したのは十二月十五日ごろであったろうか。九州の佐伯湾で船団を組み、一路、ラバウルに向かったのである。

ここが佐伯湾で、あれが九州の山であることが、分隊長からも明らかに教えられた。船の上であれば、情報の漏れることもないからである。

夜であった。九州の山脈は青黒くはだかっていて、灯一つ見えなかった。

その山々は、別れを告げようと甲板に出て黙然と佇《たたず》んでいるわれわれにも冷淡であった。新潟の空は、この遙か彼方に確かにあるのだが、伝える術はまったくない。

黒い山影があまりにも泰然としているものだから、これが見納めという実感が肌に伝わってこないので、じりじりと焦った。

寒くなると船倉に潜り、思いなおしてはまた甲板に出た。

朝になって、どうも船が走っているようなので、急いで甲板に出た。すでに山々は小さく霞んでしまっていた。

「よう見んか、これでわが子にも会えんことになろうかい」

静岡出身の召集兵の岡村正雄上等兵は、撫でるような眼差しで、水平線に没し去ろうとする「内地の影」を追って甲板に立ち尽くしていた。事実、ふたたびこの山に見《まみ》え得た兵士はこのときの何十分の一に過ぎなかったのだ。

戦争が厭《いや》だとか罪悪だとか、そういう感情で物を言ったり考えたりしてはいなかった。

いかなる理由があったにしろ、戦争は罪悪であり、私の人道的道徳観からしても命がけで軍国主義に反逆し、親を説き、友に波及させ、戦争否定の人間性に醒《さ》めていなければならなかったであろうに、当時二十歳の私には、そのような高邁な社会理念はかけらもなかった。

ただ、本能的にこわく淋しい、この苦しい国民の勤めの期間が早く終わるために、一時《いっとき》も早く日本が勝って、何々会談が成立し、おれの身体に敵のたまが当たらないうちに家に帰れる……それだけを単純に願っていたのである。

果たしてあの時代、絶対主義国政の下で、また一国民が民族主義的正義のために自分たちの国は自分たちで護ることにいささかの不審もはさみ得なかった教育体系の下で、そのことが謀略であり、欺瞞であり、暴力的世界制覇への方便であって、われわれは一握りの野心家に踊らされているのだと言い得るほどの思慮と勇気を持っていた若者はいたであろうか。むしろ自分の本能が、ここから逃げたい、のがれたいと悶《もだ》えるとき、大和男《お》の子《こ》としての不甲斐なさを人に気取られまいと装う努力の方が、重大であったと思う。

山形の農家の長男の下河辺一之助上等兵も、秋田の左官職の桜井義男上等兵も、安田東一軍曹も、みんなそう思っていた。

入営の朝、「征きます」と、神社の前で村人に挨拶した誇らしい気持を、いまにまで生かしておきたくさえ思う。

兵士として軍国主義のお先棒をかついだ、などと臆面もなく言う日和見主義の奴らこそ、純心な若い日本の人柱の魂を、泥靴で踏みにじるこそ泥連中だと、腹が立ってならない。

四六時中、内地を想い、銃を磨き、ジャングルを歩き、草を食い、そして戦った。腹を盲貫爆創され四時間も生きて、最後は衛生兵の注射で楽にしてもらった小嶌忠太郎兵長だって、何度も何度も、坊やのことだけを戦友に頼んで逝った。負傷したとき、〃かあちゃん〃と泣いて手当を受けた補充兵を、軍医は黙って診《み》てやっていた。

内地……夢だ、夢だ……。その内地へ、この道はつづいているなんて考えぬがよい。ただこの身体が山を降りる。それだけを考えていればよい。この身体がそれまでもつだろうか……？

痩せた脚。幾日も幾日も泥に汚れ、雨に濡れてはそのまま乾き、汗と脂で汚れ切った肌着と襌にびっちりついた無数の虱《しらみ》のぼーっとした温かさで、神経もすりへったそんな姿から、もう私に課せられた責務は終わってもいいのじゃないのか。このつらい行軍の終わりには、上官のねぎらいの言葉と、帰還命令があってよいはずじゃないのか……。

暗く、寒く、ぬるぬるの湿原をのろのろと歩くとき、私の心はいつしか甘い錯覚に堕《お》ちこんでいった。人間性がようやく回復しだしていたのだ。

ひとりになって歩いていても危機感がない。この寒気は、数多くの衰弱した命を奪うかも知れないが、直接、敵の弾丸は飛んで来ない。予測し得ない、つぎの瞬間の死はないのだ。空腹や凍死、それは個人の所有する耐久力の如何によって単純に左右されるだけであるから、われわれにしてみればきわめて平和な境であったのだ。

私の関心は、半張り皮のとれかけた編上靴にあった。これがどこまでもってくれるかであった。私の命を制するものは、この軍靴が地面との摩擦に耐え得る物理的な限界にあるとさえ思った。

事実、道にうずくまって命の灯が消えんとしている落伍者の脚には、すでに靴はなく、毛布や外被が千切られてぐるぐる巻きにされていた。

「ああ、君も死ぬるか」

人間らしい感情が動いた証拠には、その落伍者に手を延べて「立て、歩け」と引いてみたことだった。

物憂そうに首をわずかに振り、伏せた眼をようやく水平にまで上げて、私を見ずに片方の手を団扇《うちわ》のようにぱたぱたさせただけで腰を石にして、絶対に私の申し出を拒む態度を示した。

茶色になった顔色にやわらかいヒゲが伸び、顎のあたりから頬にかけて白くぼやけ、眼と唇からはすっかり血の気《け》が失せてしまっているのを見て、私は、「こいつの命もあと幾ばく……」と思った。

その落伍者は、上眼使いに私を見据え、「やめてくれ、放っとけ」と、憎しみの色さえ見せて右手を邪険《じゃけん》に振った。

私が元気ならここで、びんたを一つ食わせて激しく敵愾心《がいしん》を煽《あお》り、何くそ、と前へ進ませる友情もあったであろうが、むしろ拒絶されたことで、落伍者を捨ててきた名分ができた格好とはなった。

「せっかくここまでたどりつきながら……あと一息だというのに」

私は砂を嚙む思いで、のろのろと、その前を去ってきた。

私の脳裏には、ここにくるまでに遭遇した幾多の戦友の悲惨な最後の光景が去来して、その兵士の末路に重なった。

神聖なる銃

キアリの安達部隊に合流すべく、七日の予定で、密林突破の転進作戦が開始されてから三日間、私たちの行く手にはブスの大河あり、人跡未踏の大ジャングルあり、また左手上流のナサブ高原には数日前に降下したばかりの豪軍落下傘部隊ありで、活路は一つ、落下傘部隊前面わずか三百メートルの密林内を夜陰に乗じて潜行するよりほかはなかった。

われわれは完全武装をし、そのうえ野砲の砲弾を一発ずつかついだ。一発十キロ以上あり、はなはだしく体力を消耗した。

筋骨隆々の砲兵は、四人で五百キロもある砲身をかつぎ、一人で九十キロもある車輪を背負って、意気軒昂であった。一戦をまじえる気がまえである。しかし、こちらから仕かけはしない。

夜を待った。各人の間隔は五メートルとされた。略帽の後ろに腐れた木の枝をしばりつけた。

やがて、鼻をつままれても分からない闇がおりた。

地下足袋がびしっと木の枝を踏む音にも胆をひやし、ともすれば見失いそうな、かすかな腐れ木のバクテリア螢光のゆらめきを、かっと開いた瞳孔からはずさず、一晩中、密林を歩きつづけた。

夜が明けて、疲労困憊したわれわれに、敵前突破の成功が知らされ、穴に引き込まれるように眠った。

だが、まだ野砲は捨てなかった。われわれは、重い砲弾と縁が切れずに、もう一日歩いた。野砲の砲身は、想像を絶する人間の体力と精神力だけで密林中を運びつづけられた。

「えい！　えい！　えい！」

鋭い気合いがあたりを圧して、四人搬送が行く。一回の行程は三十メートルで終わりである。三十メートルが一回の人間の体力の限界なのだ。そこで、ただちに他の四人と交替である。おそらく私であったなら、全力をふるっても、その砲身はびくとも動いてはくれないだろう。

一方、人間の背丈もある重い鉄の車輪はこれまた、頑丈な痩せ馬にしっかり括《くく》りつけられ、蟻の這《は》う速度で、みしりみしりと一人の兵がかついでいった。車輪の下の兵の顔ははじめは赤く、やがて青くなって、足裏は密林の腐植土にめり込んではふらついた。

砲兵の強力な臂力《ひりょく》と、激しい気力には、ただ驚嘆するばかりであった。

「危機を脱したんやったら、はよ捨てんかいな」

われわれは十何キログラムの砲弾の重さと、砲兵の火の出るような消耗にしびれを切らしはじめた。

「砲弾を捨てよ」「騎銃を焚《た》け」の命令が出たのは、ようやくその日の夕方であった。歓声をあげて、兵は競って弾頭を抜き、薬莢から帯状火薬を取り出して、ポケットに詰め込んだ。野砲は分解されて谷深く投げ込まれ、薬莢からはずされた砲弾も、ばらばらに捨てられた。行きとどいた手入れに油で光っていた九九式騎銃は、十数人に一梃を残して火がつけられた。赤い炎が黒い油煙を立て、銃の木部は湿ったジャングルの中でよく燃えた。犯すべからざる菊の御紋章のついた神聖なる銃が砕かれ、燃やされた。

目的地のキアリまでには、武装された敵はいない。可及的速やかにここを脱出すれば、兵器は不用である。いまのわれわれに一番必要なものは、食糧である。食糧以外の重いものは一切捨てて、歩くことに専念しなければならない。

もし砲弾分の米を背負ってきたならば、この行軍も悠々と果たしたであろうが、われわれは高射砲隊であり、砲兵隊であったから、野砲大隊と協力して、転進部隊の最後尾に配されて、敵の追撃を食い止める殿《しんがり》部隊の役を割り当てられた転進第五梯団であった。

そのため、みんなより丸一日遅く進発し、われわれが密林へ入る行軍途上の道の傍らには、海軍の高射機関砲座がまだ撤去の気配もなく、白手袋をした射手が平然と銃を擬して死守の構えを見せていた。

われわれは最初から三日ほど、すでに予定を食ってしまった。砲を捨てたときから、予定は一挙に二十日に延ばされ、持ってきた米の残りの一升三合あまりは二十等分して、一日五勺と決めて歩かざるを得なくなった。

草むす屍

三日前からマラリアを発していた補充兵の今枝茂一等兵の容態は悪化した。震える手にしかと木の枝は握りしめられてはいても、所詮、半日もその足はみんなを追うことはできない。私たちは交替で背負って来てやった彼の雑嚢を降ろすときが、すぐにやってくることを知っていた。

隊長は、衛生兵の注進で深くうなずいてから、彼の傍らへ来た。

「この身体じゃ無理じゃ。また現状では、お前を連れては行けぬ。な、つらかろうが、ここ二、三日静養し、熱が引いたら後を追うてこい。な、そうしろ。戦友！　乾パンを置いてやれ、衛生兵、キニーネを少し置いてやれ。もし敵が来たら、この一発の手投弾でかならず一人を殺せ。残りの一発で自決するのだ」

見捨てられたその兵は、ふらつく足を枝の支えで直立させると、暗いジャングルの光の中で、右手を戦闘帽のひさしに当て、低い声でようやく、

「隊長どの、戦友どの」とつぶやいて、その手を降ろさず、いつまでも影絵となって動かずにいた。

「出発！」の号令が無情にかかり、ものの百メートルも行かないうちに、たちまち木の陰にかくれて、そいつは見えなくなってしまった。落葉を踏む足音だけがさくさくと鳴って、戦

友を置いてきたあとは、だれも話はしなかった。

突然、ぎくりとする爆発音がにぶく地を這って響いた。「あっ」と短く叫んで振り向いた者もいたが、みんな黙って歩いていた。みんな知っている。黙々と地面を見ながら、同じことを考えていたのである。

「おれもあいつのように、いさぎよく自決できるだろうか。中隊の連中が手投弾の爆発音を聞いてくれるだろう距離の中で、すばやく心を整理して、信管の安全栓を引き抜くことができるだろうか。隊長は敵と闘って、その後、自決せよと言った。マラリアの熱が引いたら追いかけて来いとも言ったのだが、男らしく隊長の心を読んで、きっぱりとあいつのように始末をつけることができるだろうか。ぐずぐずして音が聞こえないくらい遠くに仲間が去ってしまってからでは、いったい、だれがおれを名誉の戦死と確認してくれるだろう。そうなれば、おれは永久に中途半端な行方不明に終わるのだ。そこがたまらぬ。どうせ死ぬなら素速く、やはり素速く……だろう……」

一言も発せず、列になって、みんな黙って歩いた。残って奴の死を見とどけてやる戦友は、あいつにはいなかった。

左手にブス川の大河があり、付近にはすでに豪軍の強力な落下傘部隊が降下している。まさに袋の鼠である。

日本軍の敗走にはもう気づいてもいいころだとすると、彼らはかならず掃討に出てこよう。おれたちはそのとき戦うために十数人に対し、一梃の歩兵銃のほかは牛蒡剣一本、手投げ弾二発しかないのだ。

一日を生きるのにわずか五勺の米、いつ襲いかかるか知れない真っ黒なパプアの原住民。たとえそれをまぬがれたとしても、この細いくねくねとした踏みつけ道を、これから先、何十日も間違わずに追って行くことができると、いったいだれが保証しよう。

黙って彼の死を見とどけてやるには、当然ながらともども死を覚悟した友情がなければならない。

〽ここは御国《みくに》を何百里、離れて遠き満州の……

疲れればかならず歌った軍歌〝戦友〟である。戦友はかくあって美《うる》わし、とされた戦友である。

日露戦争と近代戦争、その人間同志の絆も、時代の推移と戦争の変貌によってまごついているのだ。

一日や二日なら抱いても行こうじゃないか。五里や十里なら、背負ったって連れて行こうじゃないか。だが、この行程は二十日になるやら、一ヵ月になるやら、百里で終わるやら、二百里になるやら見当もつかない。

一人死ねばよいものを、残って二人死ぬことは、いまじゃ安っぽい感傷としか通用しないのだ。現段階の軍律が許さないのである。

また雨である。千切れ飛んだ奴の屍《しかばね》は、雨と暖気で三日もすりゃ崩れる。十日もすりゃ骨だけになる。奴の小指をおさめにも戻れぬか。奴の髪の毛だって、だれも持ってやしない。

「ジャングルで死にとうねえなあー」

「死んだら骨を……頼まれもしねえや」

「ほんまに草むす屍じゃ」

元気のよい三年兵の会田兵長も、この行軍に見切りをつけて、

「どうでもなれ、知っちゃいねいや」と彼の肩から吊り下がっている中味がなくなって平たくなったずた袋（雑嚢）を、田舎のばばさがやるように両肩へかけ、首の前の結び目のところに両手をひっかけて、「兵隊はもうやめました」という格好で歩いていた。

ケメンを過ぎ、カサロンに近づくにつれて、道はしだいに斜度を増してきた。ろくなものを食わないわれわれの体力は、このあたりから急速に落ちてきた。

たまたま通過するパプア族の集落の周辺の畑は、一物も残さず掘りおこされ、最後尾のわれわれの口に入る何物も残されてはいなかった。

原住民は影も見せず、あるのは落伍者の死体と、すさまじい蚤《のみ》の大軍であった。野営よりはパプアの小屋が魅力的であったので、つい惹《ひ》かれて床の高い彼らの住居を一夜の宿に借りるわけであるが……。

夜中、疲れで朦朧《もうろう》となった私の神経を叩き起こすものは、さささささと音をともなって襲いかかる蚤の大群であった。蚤に強い東北出身の農家の連中は、それでも腕や足をぴくぴく痙攣《けいれん》させて眠りをつづけているのには、まったく敬服するやら呆れるやらで、私はたまらず退散し、草の上に寝るのが常であった。

貪欲の影

高地族のパプアの集落から、つぎの集落へと細い道を辿って行軍するわれわれは、集落が高い山の頂上にあるため、前日、指呼《しこ》の間に見えたつぎの集落へ到達するまでには、べらぼうに深い谷と、くどくどとつづくいやなジャングルを、丸一日がかりで征服しなければならなかった。

ときには一日で果たせなくて、ついにじめじめと濡れている低地で夜を迎えたことも幾度かあった。

体力のない者や、キニーネ剤を携帯しなかった者は、ここでマラリアと赤痢に見舞われた。深い密林に道を失い、ほとんど停止して一日を送ったこともある。

状況は悪化し、予定はさらに十日延期され、一ヵ月となった。

私は持っている米をさらに節約し、一食、杯《さかずき》に一杯を野草の上にぱらぱらとふりかけては煮て食った。道ばたに落伍者が増し、犠牲者がつぎつぎに見えはじめたのも、このころからであった。

ある犠牲者は、湿地の草むらに半裸の下半身が投げ出され、水でふやけた足裏が緑の草の間から真っ白に見えていた。すでに靴がないのである。

水を求めて必死に這っていったそのままの姿で、頭をほとんど沼地の水溜まりにとどかせて打ち臥していたが、無残にも、まだその口からは絶え絶えの息があった。破れた風船から漏れる空気が発する、〝ぶあー〟という音とそっくりな吐気が聞こえていた。

「おい、何というこっちゃ」

同郷の農家の長男だという山崎貞治上等兵は、眼玉の奥をきらりとさせて、

「浅ましいなあ。おい、見ればいい。まだ生きてるあんに、靴も下袴もねえねっかや」

だれかが、

「工兵隊にゃ、刺青《いれずみ》したやくざ者がいっぱいいるって話だど」と言った。

その兵士の靴を剝《は》ぎ取って行った奴は、御国のためだと言ってやったかも知れないが、おれは人として、そこまではまだ神にそむけぬ。たとえいま死ぬとわかっている者からでも、血の通っている無抵抗の者の足から靴を盗《と》るような罰あたりがどうしてできよう。靴はおろか、上衣も袴もないのだ、空っぽの雑嚢も、肩からはずされて投げ出されているのだ。

小路から三メートルとは離れていないところに展開されているその光景に、立ち止まって何とかしなければと心を痛めはしても、どうにもならない現状では、ふたたび何もせずに歩きつづけるよりほかはなく、だれひとり近づく者はいなかった。

もしもその患者の襟に、金筋が三本(将校の意)入っていようとも、歩ける者は黙々と傍らを通過するだけであったろう。ただ忍び得ぬ神経が、わずかに片手拝を捧げさせて自分を納得させたにすぎない。

これからのおれの敵は、アメさんでも、豪州さんでもない。切羽詰まった味方の兵の、飢えた人間どものぎらぎら光る蛇の眼だと、自分に言い聞かせた。

「きっついことしやはる。あの雑嚢かて、中に米なんぞ入っとりはへんで」

ぬらぬらした関西弁は、大嫌いであった。召集兵である。新兵・現役兵なら、こうも地方弁を丸出しにはしないはずである。

丸顔のいかにも勾配のきつそうで、こすい面《つら》をしたおっさんが二人組で歩いて来て、私の傍らで立ち止まって、こっちがなんとも言わないのに、したり顔で声高に話しかけてきた。

いま、彼らの向けたまなざしのなかに、人影さえなければ、すぐにでも瀕死の同胞の雑嚢をさぐりかねまじき貪欲の影がありありと見えて、きっと身のちぢまる思いをさせられた。

そのころのわれわれは、何を食っていたのであろうか。いま考えてみても定かではないが、光も通らない密林の下草の中に、河骨《こうほね》の一種と見られる湿地性植物があり、わさびの根に似たものをつけていた。

われわれはそれを「ジャングルいも」と戯《ざ》れ気味もまじえ、「軍人」のプライドも強がりもみんな捨てて、毎日しきりにそいつを探しては煮て食っていたのだろう。

トカゲも蛇も、まったく見当たらなかったから、蛋白質と名のつく栄養分は、何も体内には入らなかったのである。気味の悪い蝸牛《かたつむり》はいたが、毒素を持っているというので、食うことは禁じられていた。

糞は毎日よく出たが、排出中でもまったく臭気がない。大便は完全に青い草の色そのものである。ためしに近々と顔をよせてかいでみたが、いま放《ひ》ったばかりだというのに、ちっとも臭いはなかった。

原住民の集落の垣根にからんで、からす豌豆《えんどう》の巨大なやつが成っているのを、手で千切ってはみたものの、その野生の豆を食って命を落とした兵がいて、軍の警告となり、絶対食うべからずという伝令が徹底していたので、ただ横眼でにらんでは通ったのもこのころであった。

塩が日を追うにつれ、その価値を増してきた。塩は、命をつなぐ唯一の物質になってきた。金が通用しない野戦では、塩と交換できるものは食う物だけである。

代償なしで友から塩をもらうことのできる条件は何か。それは同年兵という奇妙な感情だけであった。

同じ年、同じ日に入隊した者同志を同年兵というが、同年兵が「くれ」と言えば、どんなに少しの塩でも、それを二つに分けてやる。

だが、われわれをしごきつづけてきた二年上の上官、つまり三年兵どの、四年兵どのが「くれ」と言っても、われわれは真顔で、「自分は持たないのであります」と平気で嘘をついて、やらなかった。

私の雑嚢の奥には、人には見せぬ固形の食塩が一缶、保たれていた。毎日一粒ずつ使っても、五十日は保つ量である。私の心のゆとりが、そこからでていたにちがいない。はじめ気前よく人にやったので、あと三十日と聞いたときには二十枚しか残っていなかった。私は大事に使って同年兵へも、いい顔してはやれなくなった。

結果的に、私に必要な最低限度の塩もなくなったとき、私がキアリにたどり着いたのだから、私はこの行軍中、私の生命をかろうじて維持するために必要な分量だけは、雑嚢の奥にがっちりと確保していたことになるのである。

死なばもろともの強い連帯感を戦力として結ばれていたはずの戦友同志ではあったが、結局、それは衣食足りた兵営生活の中での感傷でしかなかったのだろうかと、自分の心をのぞいてみたりした。

じわじわと長い時間、空腹と疲労にさいなまれつづけると、もともと押しつけられた戦友道や形のうえからできあがった感傷などは、けし飛んでしまうのに時間はかからなかった。

不用意に、塩とキニーネ剤を持たなかった者は、栄養失調とマラリアに襲われてジャングルの中に殪《たお》れた。一本の煙草も、二人で分けて喫《の》むはずの戦友の情に、最後まではすがることができなかったのである。

この行軍で殪れた二千五百の兵士は悲運であった。生きてかろうじてたどりついた七千の兵士は、されば、みんな非情の兵士なりや？

私は私の才覚で自分の身をまもり、そうして生き抜いた。おれは非情の戦友であったのか。おれの塩を彼にあたえれば、おれも死ぬ。彼にあたえざれば彼は死ぬ。彼にあたえ、ともに死ぬるが戦友道なりや？

落伍した戦友が道にうずくまったとき、彼を援《たす》けるべくだれも残らず、彼に活力をよみがえさすべき何物もあたえず（もちろん、あたえる何物もなかったが）、ただ「元気を出せ。かならずあとから来いよ」と、励ましの言葉だけ残して捨て去ってきたわれわれは、人道に悖《もと》る行為をしたことになるのか？

ジャングルに残して来た戦友は、ついに一人も追いついては来なかったのであるから。

補充兵島野一等兵

ツカケットに近づくにつれて、渓谷は切り立ってきた。高い崖っぷちを、ようやく人一人横ばいになって渡る岩淵には、先発の工兵隊が設置した藤蔓《ふじづる》が渡されてあった。下は渦巻く深淵である。

そんなところも身の軽い私は、足場を確かめ、ひょいひょいと調子をとって渡ることができたが、前を行く不器用な奴が墜落した。ざざーっと草がむしられる音につづいて、にぶい水音がした。

「落ちた、落ちた」

「何、だれじゃ。とろい奴ちゃ」

「いかれたか(死んだか)」

「いや生きとる、生きとる」という声や、

「おーい、どうじゃ」だの、ひとしきりざわめいた。

夕方だったので、谷底は暗くて見えない。まもなく下から元気に、

「大丈夫でーす」と返ってきた。「です」と言うからには、補充兵である。兵隊の飯を半年食えば、「大丈夫であります」というはずだ。

ろくに戦争もできぬ奴ちゃから、こんつら崖も満足に歩けん。私はブツブツ不平を鳴らして、巻脚絆を解いた。

前の兵士のものも合わせて縄に綯《な》って、七メートルくらいのロープを三本つくり、それをつないで、「つかまれー」とたらしてやった。

「はいっ!」

縄がぴーんと張り、もぞもぞと草をわけ、ようやく崖を這い上がってきた若い補充兵は、自分のぶざまを恥じいるように眼を伏せ、

「はっ、申しわけありません。有難うございました」をくり返していた。

「うまく落ちたな」

ろくに戦争もできん奴だから、
こんつら崖も落ちやがる!

「てっきり死んだと思ったぜ」

「はあ、はあっ!」

　暗がりで顔ははっきりしなかったが、恐縮して答える声がそうであった。私の分隊の島野紘三一等兵である。

「おい! 島野」

「はっ! あ、佐藤上等兵どのですか。ありがとうございました」

「よかったな。おれは二日前に落伍しておくれたが、お前もそうか」

「はあ、おくれました。眼がかすんでよく見えないのです。中隊はすぐ前にいるはずですよ。いくらも遅れていませんよ、きっと」

「そうか。でも、あわてて追いつくこともなかろう。不寝番じゃ、伝令じゃでは、おれの身体はもたんからのう」

　島野は今年十九歳と言った。私たちより一年はやい徴兵である。体格が貧弱だから、少年兵としか見えない。国民兵という奴で、男であれば少々不具合でも、みんな兵士としてかき集められたのだ。よくもこの身体で、ここまで頑張ってついて来たものである。

この連中は、私たちがサラモアにいたとき、ある夜、突然、潜水艦でラバウルから前送されてきた二十名ほどの人形さんのような補充兵たちなのである。

私の分隊に、その中の四名が配属され、その日から実戦に投入されて、おどおどと弾丸を運ばされた一人が、この島野である。

実弾は射ったこともなく、訓練は二週間くらいで切り上げられて、いきなり第一線では、あまりにも気の毒な話であった。

実戦第一日目のその日、この紅顔の少年兵は、高射砲の発射音に腰を抜かし、B24の絨毯爆撃で、ついに自分の任務を放り出して、耳をおおって突っぷしてしまったのを、古い連中が自分たちだけはそうではなかったような顔で、

「腰抜けっ！　日本男児が泣くぞ！」

「いまの爆弾は、ここへは来ぬのじゃわい。いちいちびくびくするな！」

弾丸が間に合わず、五発の号令のところ、三発しか出なかったものだから、高橋兵長が目を三角にして怒鳴っても、

「お前ら、極楽から地獄だもんな……」と、ビンタはくれなかった。
二、三日すると馴れてきて、三白眼を上に引きつらせ、顔色を蒼白にしながらも、恐怖と対決し、必死になって戦列に加わっている姿が、いじらしく私の心を打った。

この島野を、このときから私の落伍行の連れにした。

谷がV字を深くしているものだから、その夜は平地に出会えず、傾斜地で寝た。折悪しく落ちてきた雨に濡れ、寝返りもできずに寝た。へたに転がったら、どこまで落ちるかわからない。木の枝を土中深く突き刺し、それで股間を支え、腕のつけ根のわきの下へも一本ずつ差し込んで、体の回転を防いだ。睾丸の付け根のしびれで眼をさまさせられてからは、枝が身体に当たる部分を変えながら夜明けを待った。

前を行く中隊も、おそらく私と同じような状態で夜営をしたに違いない。

島野は素直で、正直者であった。家は静岡で、商家の三男とか言っていた。おたがい自分の身の上など話し合う興味はとうにうせていたから、それ以上のことは聞きもしなかった。軍隊では自分の家のことや、兄弟や妻や、豊かそうな生い立ちや、自慢話をする奴は、大抵ひどく嫌われた。たまにかわす話の内容は、いっしょに来た仲間のことにかぎられるようになった。

「谷さん（上等兵）は気の毒ですよね」

「うん、横山隊の機関砲手のあの人のことだろう……。お前といっしょに来たのではなかったのか？」

「はあー、あの人はほとんど何もしゃべりませんし、私たちの中隊でもらった雑嚢一つに、自分で活躍（調達すること）してきた食糧を詰め込んで、外被もなしに、丸腰で分隊の後ろから猿のように歩いていましたが、いつのまにかみんなを追い越して、先頭に立っていました？」

「うーん、わかるなあ。玉砕した横山隊の生き残りだからなあ……。もう一人はどうしたよ」

「はあー、大隊本部で引き取ったという話ですが……」

「二人はいっしょではないのか？　何かまずいことがあったのかなあ」

私たちがラエを撤退する三日前に、ブス川岸に上陸して来た豪軍を迎え撃ち、われわれの撤退のために時間を稼いでくれて、ついには豪軍の物量の前に根こそぎたたかれて全滅した横山機関砲中隊のたった二人の生き残りが、どんな思いで、このサラワケット越えの行軍に加わっているか、痛いくらいわかるのである。

横山隊、死の発進

私の知る横山隊の運命はこうである……。

横山隊は昭和十八年一月、私たちがラエ海岸に強行上陸をして、多数の物資の損失を見ながらも、海岸から二キロほど奥のタロいも畑に布陣したとき、すでにすぐ隣りのラワンの大木の茂ったしゃれた空地のあるすてきな陣地に、でんと腰を据え、四門の機関砲を空に向けていた。

私たちの複雑でごつい高射砲とちがって、何か都会風で余裕のある陣地生活をしているように見えたものである。

段列（炊事・輜重分隊）の連中は、近いものだから、すぐ遊びに行き、仲間になって、細工物を交換したりして、同じ防空兵という親しさもあって、おたがいの中隊はすぐ仲よしになった。

敵の飛行機はまだそのころは警戒して、高度五千～七千くらいで飛んできていたから、応戦するのはわれわれであり、機関砲の弾丸はとどかないので、いつも沈黙したきりであった。陣地も狙われないから、戦死者の出るのはわれわれの方だけであり、横山大尉は、そのたびに私たちの陣地に見舞いにきてくれた。

「機関砲にはいればいかったで……じゃ」

「給与（食べ物）もいいらしいど」

「弾丸《たま》あ、とどがねだって。タンタンタンて射ってりゃ、戦争してることになっからな。いいもんだでば」

「飯上《めしあ》げ（炊事場まで食事を取りに行くこと）でそばを通ったれば、『高射砲さん、御苦労さんですね。なかなかいいところへ弾幕が出ますね』ってほめていたぜ。防空兵だけあって、こっちの腕がわかるんだでば」

対空戦闘中は無傷に恵まれていたし、われわれが、半年後、さらに前線のサラモアへ進出したときだって、彼らはここに残り、手を振って、頑張って下さい、と見送ってくれたにすぎない。

その横山隊が、ついに最後になって最低の貧乏籤《くじ》を引き当て、われわれの盾となって、九月十一日に全滅したのである。

豪軍がブス川に上陸し、落下傘部隊が空を圧して、ラエ北方のナサブ高原に降下して、ラエが完全に敵に包囲されたのは、九月三日ごろであった。

サラモアの前線基地で死闘をつづけていたわれわれが、前夜、非常呼集のあとで発令された玉砕命令が翌朝、転進命令に変更になって、ただ一つ残されたラエに通じる海岸線を通り、ふたたびラエに引き揚げたのは九月七日のことであった。

サラモアからラエまでの三日間の徒歩後退が、私がなめた敗けいくさの最初の頁になったのである。転進、陣容建て直しなど、理由はいくらもあるだろうが、現実に大砲も捨て、戦死者を土に埋め、あわただしく後退する兵隊の心は、すでに敗者の浮き足があったことは否めない。

ラエの三ヵ月前まで、そこがわれわれの陣地であったタロいも畑は、人の背丈に伸びた雑草におおわれていたが、ジャングルの中の兵舎は、まだ腐りもせずに建っていた。

四日も前に豪軍が上陸したブス川の対岸からここまで、二キロそこそこの近さではあるが、ジャングルが彼らの進攻を阻んでくれていて、彼らは容易に近づかない。

歩兵部隊の歩哨が、木の枝で偽装を凝《こ》らして蛸壺を掘り、二人組で道の傍らにかくれていたし、黄色い通信線が地を這ってその穴に消えていた。ラエの陸軍参謀本部の触角の末端が、そこまで延びていたのである。

敵の盲射の迫が、時間をおいてはそこらじゅうに落下し、物凄い反響をジャングル内に溢れさせていた。だが、どうやら目標は二百メートル先の原住民の集落らしいと分かると、私たちは一切かまわず、前哨線を越えて、勝手知った細道をずんずん歩いていった。

蛸壺の歩哨も、思いがけぬ友軍が大胆に行動するものだから、心丈夫になって顔の緊張をとき、にやりと笑って見送った。

密林の下草を刈って設営した私たちの野営地は、大して草も繁らずに昔のままになっているのがなつかしくて、迫の合間をみては、そこらじゅうを歩き回り、前に残していった食糧だの、機関銃の弾薬だのを、西方の安全な集落まで運搬する準備をした。

夜をここで過ごすには、あまりにも敵に近いためだ。その日は、銃の手入れを最後に、いっせいに西集落に引き揚げることになった。九月七日の午後三時である。

そのとき、心の痛む二つのことがおきたのである。一つは横山機関砲中隊が、粛然と前線へ移動して行ったことである。

半年間サラモアでたたかわれ、火砲一門を捨てて、傷だらけでふたたびラエに帰ってきたわれわれとは対照的に、じっとラエのジャングルの中で満を持していた横山隊に、いまになって課せられた任務は、『ブス川我岸を死守せよ』であった。

豪軍精鋭一コ師団を、あと数日、ブス川に釘づけにしておくために、横山隊は全軍の捨て石の役を負わされたのである。

うす暗いジャングルの中を、黒い影を落として兵が一列になって、われわれの眼前を、前線へ向かっていった。死の方向へゆっくりと移動していったのだ。

と、機関砲を挽《ひ》く五、六人のかたまりがわれわれの前で、ちょっと止まった。中の一人が、不意にこちらを向いて手をあげたのを素速く見つけた段列の渋沢四郎上等兵が、銃を置いて飛んでいった。その人は、前にここにいたときに知った彼の仲間であった。

「最後じゃ。これたのむ」

「うん……。おれも命があったらな、かならずとどける」

「住所も中じゃ。むざむざとはやられん。一泡も、二泡も吹かせてやるわい」

たぶん、髪の毛か、爪か、そんなものが入っている御護り袋を手早く首からはずすのへ、

「しっかりやってくれ。壕からは飛び出すなや。〝突っ込め！〟がかかっても、いちばん最後からだぞ」

はや歩きはじめたやつへ、そう後ろから叫んだが、にやっと笑って、「さあどうかな」と首をかしげ、二十メートルも行ってから、もう一度振り返り、そこで手を挙げたきりで行ってしまった。

わずか四門の機関砲が、私たちの前を通過するのには五分もかからない。砲は軽いし、地面は柔らかい腐植土だから、轍《わだち》の音も聞こえない。

最後尾が木立の陰に消えた。騎兵銃の手入れをしていた私たちは、槊杖《さくじょう》(銃身の内腔を磨く道具)が遊底に当たって、派手にカチカチと音を立てるのを、黙って聞きながら仕事をつづけた。

口に出して言うにはあまりにも残酷だったので、「連中は地獄行きじゃ」とはだれも言わず、かえって心の重荷を吹き消そうと、対空用機関砲が、地上戦で発揮する驚くべき正確さ、破壊力について、一人がしゃべり出した。

すると、まわりの者は救われたように目を上げて、水際必殺戦法がいかに勇敢に、しかも効果的に戦い得るかの話に、しきりに合槌を打った。

しかし、それも長くはつづかず、銃の手入れが終わりかけたころ、もう一つのことが起きたのである。

分隊長の発狂

狂ったS軍曹が突然、われわれの眼の前に現われた。とっくに死んでいるはずの彼が、幽鬼のように白い顔で、暗いジャングルから出て来たのだ。血の気のまったくない彼の肌の色は、何ヵ月も壕の中で暮らしていたことを物語っていた。

彼の姿を見たとき、みんなは一瞬ぎくりとし、ついで頭から冷水を浴びたように、背中がぞくっとふるえた。

「おい、半ズボンだけだぞ」

隣りの奴が耳打ちした。

「うん、何を食っていたんかなあ。見ろ、結構、太っているねっか」

見て見ぬふりで、ささやき合った。

左手にアルミ製の食缶を持ち、右手に短剣を水平に擬《ぎ》し、われわれ初年兵の群れに近づいた。

その気味の悪い姿は、生涯、脳裏から離れぬものとなっている。彼の発狂のきっかけは恐怖であった。

三ヵ月前、われわれがラエからサラモアへ転戦しようとする前夜、突如として、数十発の砲弾の炸裂音が眠りを奪った。

不寝番が受話器を握って叫んだ。

「艦砲射撃！　被弾地、天王山！」

つづいて、少し落ち着いて、隊長からの指示だろう、

「伝達っ！　各自速やかに壕に退避せよ……」とどなった。

真っ暗な闇の中を、古年兵は案外、素速く、兵舎の傍らに用意された散兵壕にとび込んでいた。

被弾地ははるか彼方なので、あわてなくともよかったが、私が壕の入口に来たときはすでに中は満員で、細長い土の穴は、私を入れる余裕はまったくなくなっていた。

十数分間、地上に這ってその時間を過ごし、砲撃の止むのを待った。

「敵艦去る！　ただいまのは敵潜水艦二隻による艦砲射撃。味方の損害なーし！　以上！」

がやがやと壕から出て、「ちえっ、馬鹿にしてやがる」と口々に強がりを言っていても、

横山決死隊出撃
「さらばじゃ、これたのむ!」「犬死するな!」

内心、敵潜でもこれだ、まして巡洋艦クラスならば、戦艦クラスならば、どれほどすさまじかろうとの思いが、心をゾクッとさせた。

「段列分隊長が狂ったでえ」

「何でや?」

「さっきの射撃でよう」

「肝っ魂の小さな奴ちゃな」

「砲撃の間じゅう、木に登ってよ、お母《かあ》ちゃん、お母ちゃん助けてくれーっと大声で泣きわめいてよ。終わったら木から降りて来て、会田上等兵にとびつき、〝会田、戦争は終わったぞ。おい、明日内地へ帰れるぞ〟と何度もくり返すんだとよ。たまげたなあ、あの鬼みたいな奴がよう」

「本当かあー?」

「本当だ。本物だでえ、眼の色がちがうでば」

　この話が中隊じゅうに伝わったのは、その晩のうちにであって、S軍曹指揮下の段列分隊からの報告を受けて、隊長がさっそく見に行き、重症と見て処置を指示した。

普通、戦地で発狂した場合、野戦病院に隔離するのだが、ラエの病院は、マラリア患者であふれていたから、ぜいたくな精神病患者までは受け入れてはくれなかった。取りあえず逃亡を監視し、明日までようすを見ることにしたらしい。

つぎの日、階級章を剝奪された軍曹は、陣地変換でいそがしいわれわれの作業の間を、ふらふらと歩き、「何をするのだ」「どこへ行くのだ」「戦争はもう終わったのだぞ」としゃべりまわっていた。中隊長幕舎の前で、隊長と長々と問答をしているふうであったが、温和な隊長も、もはやこれまでと決心したらしく、

「当番兵っ、二、三人で軍曹を縛れ。気の毒じゃがおいて行く」と言った。

その日の夕方、われわれが陣地を離れるとき、軍曹は大根のように手と足を縛られて、道の傍らに放り出されていた。口から泡を飛ばし、さかんに隊長に向かって訳の分からないことを言いつづけていたが、隊長はただ、

「うん、うん」とうなずいて、

「置いていくぞ、置いていくぞ。いいな、いいな」と念をおしていた。

われわれは軍曹の縄をとかずに、サラモアへ向かった。あれから三ヵ月、いったいだれがあの太いロープを解いてやったのだろう。原住民だろうか？

そのS軍曹が、いま、私の一メートル前にいるのである。右手に吊げた抜身の銃剣が、見境いもなく私に向かって突き出されないともかぎらない。

だが、彼のゆるんだ表情には、捨てられた恨みは残っていなかった。精神は狂ったままであったことが、せめてもの救いであった。銃剣は棒切れと同じくらいの意味で、だらりとさげられた。

軍曹は、乾パンが五つ六つ入っているアルミの食缶を左手に下げ、しばらく竹の床張りに腰をかけていたが、そのゆるんだ顔からは、三ヵ月ぶりに会えた戦友への懐かしさや嬉しさをあらわす表情は、まったく見られなかった。

やがて、彼はふいと立ち上がって、未練気もなく最初に出てきた方向へ消えていった。二度ばかり食缶の底の乾パンを左手でしゃくり上げ、カラン、カランといわせて去って行く姿は、たしかに狂人以外の何ものでもなかった。

ラバウルからの海上輸送は、ようやく潜水艦で細々とつづけられ、食糧が極度に制限されている前線部隊では、狂人にかまっていることはできない。精神が錯乱した瞬間、軍曹は名誉ある戦死者の列に加わっていたのである。彼の留居家族にとって、そうしてもらうことがもっとも温情ある処置でもあったのである。

明日、われわれがこの地を離れることはほぼ間違いなかろうし、二、三日後はかならずここが戦場と化するであろうから、軍曹がうまく敵の俘虜となって生きのびられる可能性よりは、逃げまどう姿が敵の眼にふれ、射ち殺される公算がはるかに大きいことも確かである。狂った以上、もちろん彼から投降するという才覚はない。彼の運命は、まったく彼の意志以外のところで決定することも、われわれはよく知っていた。

とはいえ、この先、何日かかるか知れない必死の逃避行に、連れて行けるものではない。野戦病院に収容されている重症患者は、自決すべしとの命令も出されているのだ。私たちは、ここでもS軍曹を連れてはこなかった。

生き残った勇士

ブス川方面で激しい銃砲声と、十三ミリ機関砲独特のドッドッドッという発射音が轟きはじめたのは、三日後の九月十日の昼近くであった。

いよいよ敵が包囲網をしぼりはじめ、守備手薄と見た横山隊の真向かいから、ブス川渡河に出たのである。

われわれにはまだ仕事が残っていた。急がなければならなかった。身を挺して横山隊が食ってくれているこの貴重な時間を、全軍がさまざまな意味で使っていた。

最後の一兵まで抵抗するぞという偽装のために、われわれはふたたび、サラモアから撤去してきたただ一門の高射砲を、もとのタロいも陣地のふるい掩体の中へ引き入れる作業に取りかかった。

敵の哨戒機の飛びかう真昼の一本道を、なにくそとばかり牽引《けんいん》車をうならせ、一気にラエの桟橋から敵さんのいる方向のタロいも陣地へ押しこんでいった。

案にたがわず、迫撃砲弾がしきりに飛んできたが、無事に搬入を終わった。第二分隊の火砲であったので、二分隊の砲手が地上射撃に当たった。

隊長は、しゃがんだまま、

「北を零《ゼロ》にせよ。いいか、航路角八十五度じゃ」

地図にコンパスを当て、分度器で方向を定めてから、

「仰角二十五度にとれ」と指示をした。

二千発が限度だといわれている高射砲に、そろそろ寿命がきてはいたが、まだ砲腔内の螺線ははっきりとついていた。地上射撃には充分すぎるほどの精度が期待されるはずである。陸軍のことだから、航空写真をもとにした、正確なラエ付近の地図もできてはいたろうが、草原ならばともかく、十メートル先も見えない密林の中では盲射しかないのだ。

敵さんは、一日中、観測機を飛ばして迫撃砲の弾着を測定しているから、彼らの射撃は一発ごとに正確さを増すのがよくわかる。

効果があろうとなかろうと、いまはただ敵に、「ここに日本軍が退かずに頑張っておるぞ」と知らせればよいのだ。

「仰角二十五度じゃ、ジャングルの大木の梢すれすれじゃ。もうちょっと上げい」

四番の高橋上等兵が、砲の装塡口を開いて直接、砲腔をのぞいては転把を回していた。

「信管五秒に切れ」

一キロじゃ五秒はかかるまいが、落ちてから破裂すれば、かえって敵さんにあたえる恐怖

感を大にするかも知れん。前線の横山隊に落ちんように、遠く目に落とした方がいいな。

隊長は、口の中で何度もつぶやいては、彼方をながめ、天を仰ぎ、いよいよ時間に急《せ》き立てられて、すっくと立って、決断した。

「一発ごとに右に〇・五度だ。五発! 射て」

轟然と、五発はすぐ終わった。

「四番、一度増せ。破裂音、聞こえたか?」

「はっ、二発はたしかに……。なあ、おい」

「うーん、あとは丸だまか。しょうがねえなあ」

「つづいて五発、左へ転把一回ごとにせい」

奴っこさんの偵察機が、パンの大木をかすめて飛び去ったが、見つけずにいった。十二発射って五、六発はぜたか? 南方のひどい湿気で、信管に火がつかないのだ。

「射ち方やめい! すぐ砲をこわせ」

神聖で尊厳な菊の御紋章が刻印されている兵器を、みずからの手で破壊しなければならないのだ。

鉄のハンマーをふるうごとに、標準眼鏡が飛び、扇形板がつぶれた。私は自分の身体の一部が引き裂かれるような痛みを感じた。

砲口に泥をつめ、一発射った。砲口はささらのように裂けた。駐退復座器の油が抜かれ、活塞開雌螺《かっそくかいひんら》が藪の中に捨てられた。いかに火砲に精通した砲手でも、二度とこの砲を使用することはできなくなってしまった。

その直後、私たちはそこを出た。一人の人間と一門の火砲を置いたまま……。

〝道は一つしかない〟そう思った。どうにもならなくなったラエを捨て、七日間の密林潜行（はじめの計画日数である）を迅速に行ない、キアリの岡部支隊に合流して陣容を建てなおす作戦の方が、ラエを死守するよりは、連合軍の反攻を食い止められる公算が多い。私たちは、楠公や、信長の奇略や智謀が近代戦にも通用させ得ることに誇りすら感じていた。

殷々《いんいん》と敵の砲が鳴り、灼《や》けつく熱帯の草原にさしかかったとき――そこはラエの東飛行場の入口であった――先頭がざわめいて、行進が止まった。

私が近づいたとき、草をわけて飛び出した二人の兵士を囲んで、隊長と犬塚少尉が、彼らの申し出にどう対処するかを協議していた。

横山隊の生き残りであった彼らの話によると、豪軍は二度、三度、強引に艇を連ねて渡河してきたが、そのたびに、正確な機関砲の狙い射ちに遭い、一つが沈むと、あわてふためいて後退したという。

自動小銃を頭上に掲げて、勇敢に水中を突き進んでくる一隊も、激しい水流で途中で引き返したが、思ったより強兵ぞろいですわ……とも言った。

この二人は、ともに重機関銃分隊で、三度目の襲撃をかろうじて支え切ったとき、弾薬はまったく尽き、隊長以下ほとんど戦死した。

「生きて動ける者は、われわれ二人だけになりましたわ」

彼らは、弾薬をくれと言う。敵さんはまだなかなか攻めては来んから、戴《いただ》いた弾薬をつぎの戦闘で射ち尽くして死にたい。みんな死んでしまったのだから、生きているわけにはいかないし、生きていたいとも思わない。

淡々と語る態度に、われわれは言葉もなかった。

六百発入りの重機の弾薬箱が二つ、彼らの足元に置かれていた。われわれが、いま、運んできたものである。

「一箱の弾薬で、何分射てるかな」

「では」と言って、一箱ずつかつぎ上げて歩きかけた彼らの足を、少尉はもう一度、止めた。

「そうですね。銃身が真っ赤になるほど射ちゃ、まず三分間でしょうね」

「銃声がやんだら、死んだと思って下さい」

風もなく、じじーっと真昼の太陽が照りつけるバナナ林のわきの草原で、ゆっくり動いているものは、弾薬箱を肩にした二人が向きを変えようとしている姿だけであった。

征かせたくない私たちの気持が、何かを期待して静まり返っていた。

いまさら行かなくてもいいのに……。われわれの瞳がいっせいに隊長の憮然とした表情に移ったとき、あたかもその瞬間が二度とこないことを知っていたかのように、低い声が隊長の口から漏れた。

「少尉、止めろ、行かせるな……。犬死にじゃ」

少尉に行く手をさえぎられた二人は、すぐわれわれに囲まれた。勇士を惜しむ犬塚少尉の熱っぽい説得は、数分で彼らの固い決心をひるがえし、われわれがしきりに口添えしたことが、いっそう二人を安心させたようであった。

「君たちは充分に任務を果たした。あえて死に急ぎをする必要はない。生きて戦闘の状況を報告するのも、立派な行動である。恥にはならん。すぐ司令部へ行け。全員玉砕の報告をせい。その後はわれわれの中隊に編入して、いっしょにここを脱出するのだ……」

彼らはそのとおりにした。二日後、最後尾でラエを進発した浦山高射砲隊の第五分隊の中に、彼ら二人はいたのである。ほとんど何もしゃべらず、細くて強靭な軀《からだ》をばねのようにしなわせて、いつも素速くついてきていたのである。

頂上の一夜

際限なくつづく回想は、ひとまずやめよう。この項を早く終えるためにも、ふたたび話題をサラワケットの頂上にもどさなければなるまい。

寒気に感覚を失った細い足で、冷たい泥道をよろよろと歩きつづけていた私のどこに、これほどの生命力がひそんでいたのだろうか。私はころびもせずに、ただ歩きつづけていた。

夜だというのに、あたりはよく見えた。草や、土や、泥や、そして黒い道がずーっとつづいているのも見えた。

不思議にそのときの風景が、鮮やかに頭に残っている。

たぶん、月が出ていたのだろう。私のほかはだれもいない不気味な世界のそこが、たとえ闇であっても、月明かりであっても、まったく取るに足らないことであったから、空を見上げて白い月を見るような無駄なことはしなかった。

夜のいつごろかは知らぬ。不意に前方に火が見えた。大きな焚火だ。先行の兵のつくったものだ。暖かそうな赤い光が、私を惹《ひ》きつけるように燃えている。

ちらちらと火の前をよぎる人影も見えてきた。それが豆粒ぐらいの大きさだから、直距離にして四百はある。歩いて十分はかかるまい。

「ああ」ぎりぎりの死線から、一瞬の差で脱出し得たときの虚脱感が全身を貫いた。が、すぐその後で、「有難い、助かった」とは、素直によろこぼうとしない悪い癖が出た。

「おれはいま、必然的に焚火が焚かれているという次元の中を経過しているにすぎない。おれはいま、おれの力でここまで歩いて来たという現実を認めればそれでよい。だから、このまま、むっつりとあの火のところまで歩いて行くのだ。そして、おれもあいつらと同様、火を焚くのだ。生木を折り、削り、何とかしておれのマッチで火をつけるのだ。火種はもらいに行かない」

火を焚かねば死ねるというこの期《ご》に及んでも、私は人が嫌いであった。嘘の笑いや、飾った言葉で、知らぬ者と対話するうとましさが、私を人前に出させないのである。

生木を燃やす自信はあった。立木が見え、焚火はさらに一つ増していた。

なぜか真っ先に母の写真に火をつけた

近づくにつれて、そこは小高い丘になっていて、木が生えているところであることがわかった。灌木の青い表皮には、うすみどり色のふさふさしたこけが生えていて、とても燃えてくれそうには見えなかった。水気をふくんだ小枝を折って集め、剣を抜いて細くきざんだ。なるべく細く、こまかく、時間をかけて一握りほどのマッチの軸ぐらいの細木をつくった。しゃがんで、もぞもぞとつくった。

隣りの火が赤々と木の間を通して見えていた。草をむしり、二十センチほどの凹地を造った。一発で火をつけるためには、燃えるものをすべてポケットから取りだした。

軍隊手帳を出した。手帳の頁はいくらも残っていないが、胸のポケットに大事に保たれている。行軍中のたきつけに、一枚一枚、うしろの頁から使われてきたのだ。軍人精神の誓紙でもあるのだが、いまは論外だ。

それだけでは足りない。三角巾の油紙、毛布《しりあて》のすみの方も少し切って足した。略帽の内側のペラペラした布も剥いだ。これとてぬれた生木よりはいい。小さな日の丸の旗、そして、胸の内ポケットに手を入れたとき、指先に母の写真が触れた。

私が新兵で東京の立川七十六部隊に入隊するとき、何も持っては行かなかった。千人針も、両親の写真も持っては行かなかった。しかし、ほとんどの奴は持っていた。母のにおいや、家族の心を、何かの形で秘かに所持していたのである。私には何もないのが淋しかった。

満州に渡ってから、手紙で母に写真をたのんだら、次の返事の中に写真があった。母がわざわざ写真屋へ行って撮ったものらしく、思ったより若く撮れていた。うらを返すと、明治二十八年生まれ、四十八歳と書かれていた。

戦友のだれもがするように、私も大事に油紙につつんで、胸のポケットにそれを入れておいた。

どういうわけか、私は真っ先に母の写真に火をつけた。椅子に腰かけて写っているその足の方から、じわじわと燃え、右手でつまんでいる顔のところまで火がひろがるまで、だまって見ていた。

母の顔が燃え、軍隊手帳にうつり、毛布がくすぶり、いろんな布切れが燃え、ほんのわずか木がもえ出した。はれ物にさわるように、小さな木くずを、その上へかぶせた。

消えそうになると、そっとそっと吹いてやった。火はついた。生木がばりばりと燃え出した。いそがしく枝を集めては、身体のおもてとうらを交互に温めた。

遠慮がちに近づいた影があった。面倒だなあ、知らぬ奴と一夜を過ごすのは……。私はふり向きもせず、小さくなりかけた火にうずくまったまま、あたるならば、そばであたれと、右手をのばして座る位置を示してやった。木の枝を集めるのも、物を言うのもいやになっていた。

「なんだ、佐藤かあー」

腰をおろした兵は、私の好かん通信兵の小林五郎上等兵であった。

利己的な奴で、三年兵にはごますりやがって、言う言葉が「そうですね」と、「ね」を使いやがる。私たち同年兵と話すときは、変に見識ぶって、「そうだねっか」などという。行軍中、腹だったか、足だったかを痛くして、

「〇〇兵長殿、私を見捨てないで下さい。どうか連れて行って下さい。私一人では生きている自信がありません」と上手に、芝居がかったせりふを臆面なく吐きやがって、聞いている私の方がむしゃくしゃした。

何じゃい、めめしい野郎め！　日本男子が聞いて呆れらぁ……。

三年兵の中野正男どの（一等兵）がマラリアで死んだときの態度を見習え。苦痛に耐えず、うなりつづけていたとき、隣りの戦友がそばへ行き、

「おい中野、おまえも日本男子だろう。みんな寝ているのだ。苦しいだろうが、うなるのはやめろ」

中野どのは「うん」と言ってから、ぴたりとやめた。

つぎの朝、おれが目覚めたとき、中野どのはすでに冷たくなっていて、その枕元で、福田誠吉上等兵は泣いていた。

「許せ、中野、死ぬほど苦しいとは知らんかった。お前は男だでぇ」

それが何じゃい、女の腐ったような声を出しじゃがって……、好かん奴じゃ。

その小林が案外、元気で、「おいら、木を集めてくるで、いっしょにあたらしてくれ」とせっせと働いた。お陰で火は盛んになり、充分暖を取ることができた。

だが、体力はつづかなかった。火が細くなり、熾《おき》だけになっても、もう枝を折る気力は失せた。寒気がじわじわと二人を襲ってくる。夜はいつまでもつづいて、明けようとはしない。

「おい、火を散らして、その上で二人でくっついて寝よう」

夜明けまでの時間を、とにかく消化しなければならないいまの私たちには、わずかなわだかまりは、何の支障にもならなかった。

湿った大地からは、夜目にも白く湯気が立っていた。熱い灰を一平方メートルばかりにひろげて足を踏んで、赤い熾を消した。外被を敷き、もう一枚の外被で二人の身体をつつみ、しっかり抱き合って寝た。

火の中心部だったところは、やけに熱いが、少し離れると適当に暖かかった。しかし、それも束の間、しのびこむ寒気に耐えるために、二人の身体を密着させて離れなかった。うとうととはするが、どうしても眠ることができない寒さであった。丸くなってじっと耐えている長い長い時間であった。

月がでていた。月がでていたことに気がついたのは、私たちが地面に寝て顔が上に向いたからであった。八割の月である。上弦か下弦かは知らないが、冷たく白い月であった。高い空にかかっていたから、日が暮れてから何時間もしないで出たものなのだろう。ふーん、それで道がよく見えたのだなあ。

内地の月とは、全然感じの違った月である。へんな方向で、しかも一まわり小さくて、無表情で、かさかさに乾いているような月であった。

頭を動かすと寒いので、小林の背中にじっと顎を埋めたまま、眼だけを動かして見つめたが、白い月からは何の情感も湧いてこなかった。

遠くから人の気配が伝わってくる。頭の中でかすかな物音と幻影が一つになって、あたかもそこに人が見えるような錯覚を呼ぶ。

父か母か兄か弟か、そのいずれでもない人影が私に迫る。だが、だれであるかは定かでないその幻は、みんなよく私のことを知っている。私に近づいて来ていながら、私に気がつかずに去って行くのだ。

おれはいま、ここにこうしているのに……。私の傍らを通るときだけ声高《こわだか》に何かをしゃべり、あとは幽かな気配を残して消えて行く。

何回目かの幻が、寒気の中でひときわ冴えていた。感情の余裕もない、低い、きびしい声が響いた。二つの影が、私の頭のすぐそばに立っていた。

「止まるなってば！　ほら……。どうでも山を降りなきゃならんだろう。歩こうでえ」

うしろの奴は、半分、自分に言いきかせているふうであった。余力があるのか、雑嚢を二コ背負い（たぶん、前の奴のだろう）、手には太目の木の枝を持って、前の奴の尻をひっぱたいた。

月は傾きかけたが、あたりはいよいよ明るく、二人の黒い影や、吐く息が白くはっきり見えた。前の奴は、口の中で何やらぶつぶつ不平を言っているらしいが、仔細かまわずたたかれて、首を前につき出し両腕の力を抜いた格好で、ぐらぐらと歩いていった。

「月夜で、歩くにゃ持ってこいじゃ」

後ろの奴がいやに楽しげな声を残して、落伍しかけた戦友の尻を追いながら、白い夜気の中に見えなくなった。私が夢と現《うつ》つの間に見た幻影は、ぽつりぽつりとやって来る落伍者の夜行軍の足音であったのだ。

まどろんだのは二時間ぐらいか、もう少し長かったか？　何にしても三時間はなかったろう。

頂上での煥の褥《しとね》の仮の夢は、やはり暗く悲しいものであった。

哀れな死者

私はその日一日、いったい何を食ったのだろう。心をすませてじっと考えても、何かを食った記憶がまったく出て来ない。おそらく、何も食わなかったに違いない。でも、空腹感もない。

　切羽つまった心のあせりがやってきた。

「おい小林、駄目だ駄目だ、起きよう。歩こう。こうやっていても同じことだ。たぶん、あの焚火は、われわれ中隊のものじゃない」

「うん、中隊はとっくに山を降りているんだろうて」

「月がある。歩けんことはない。歩けば、身体も温まる」

　月はまだ西の空にかかっていたが、心なしか東が明るいような気がする。何時であろうがかまわない。隣りに臥せていた奴も起きている。

　敷いていた外被に腕を通すとき、袖や尻のあちこちに拇指《おやゆび》大の黒い穴があいていた。踏みつけて消したはずの火の粉がふたたびおきて、だいじな外被に穴をあけた。

　カチカチ山の狸ではないが、かぶりものの裾がこげたのも知らずに寝ていたことが急におかしくなって、二人でちょっと笑った。

　人間は暗示で動く単純な動物か。キアリへ行く。キアリには友軍がいる。キアリとはわれわれが捨てて来たラエよりも、もっと悪い状況にあるかも知れないし、友軍の代わりに敵さんがいるかも知れない。すると、この道は地獄につながっているのか？

　これから食なく衣なく、精神力だけを頼りに、全身のエネルギーを使い果たすまで歩きつづけるための意味は何か。

　暗示だ、暗示にかかっているのだ。ただ、「キアリの友軍と合流する」たったそれだけの言葉で歩いているのだ。

彼方のキアリには、無限の憧れがあるように思いつづける。この道からはずれようなどとは、絶対に思わない。この不可思議な精神の昇華。一歩でも近づこうとする。明日死ぬ者も、それに向かって今日歩きつづける。この道からはずれようなどとは、絶対に思わない。

「小林、なんで歩くんかなあ、おい」

「きまってるこって、キアリで何んかするんだべ」

「また、やるんかなあ。火砲もないから、こんどは歩兵だべや」

「この身体じゃ、使い物にならんて」

「潜水艦で、内地ってわけには行かんか」

「いかんこってさ」

「桜井さんはうまやったで……。運がいいなあ」

ロッキードの機銃掃射で腕を貫通されて、最後の潜水艦で後送された幸運な桜井上等兵のことは、こんなとき、だれでもつい口の端に出す話題になってしまった。

月が落ちて暗くなると、いっそう厳しい寒さを感ずる。歩きはじめてから三十分もたったろうか、突然、信じられない近さに降り口があった。

「なんてこった。もうちょっと歩けばいかったでねえか」

「寒い目して、寝るこたあねかったでえ」

どっと力が抜けて、ぺたっと腰をおろした。ここを下《くだ》ればしめたもの、十中八、九、おれの生命は持ち耐えたことになるだろう。

しかし、目の下のこの急峻はどうだ。はるか地底の雲に入るまで、息もつかせぬ落ち込みようは、目くるめく思いそのままであった。

もしもこのつかれた身体で、しかも夜、急峻に取り組んでいたら、だれが谷底まで転げぬと保障し得たであろう。

夜が明けていた。はるかな谷底はまだ暗い。黒い闇の上に、白い霧のベールがおっていた。

泥とすすと、あかでよごれた兵隊たちが三々五々、電光型に、注意深く急傾斜の崖を手でなでながら降りはじめた。

足をすべらしたときの用心に、片方の手はかならず何かをつかんで降りた。二十センチばかりの細い草が生えていたから、しっかりそれをつかんでは、足場を確かめて降りた。

私の前に元気な奴が大勢、ここを降りて行ったはずなのに、この崖にはろくな道がなかった。てんでに足場をつくって越えたらしい。

ジグザグ型につくられた足場の角《かど》に人間がうずくまっている。こんなところで休めるはずはない。だが、そいつはいつまでも動かずにいる。よく見ると、足が土から離れている。体をやや横向きにして左腕をのばしているのだが……。

まさかと思ったが、その兵隊はやはり死んでいた。左手でしっかり草をつかんでいるのだ。彼の体の転落を防いでいるものは、左手でつかんでいる一握りの草のひげ根である。

何もこんなところで死ななくとも……。私は急に彼が哀れになった。崖に四つんばいになりながら、そいつの顔をじっと見つめた。三十歳ぐらいの顔であった。召集兵であろう、骨太のガッシリした指もきっちりと草を握り、指の間から青い葉が曲がって出ていた。右手は腹のあたりの土をつかみ、爪を立てて転落を抑えている。

右手の小指がついているからには、こいつの戦友はとうに行ってしまったのだ。

「おれがこうなったって、だれも認識票をはずして持て行ってはくれぬ。小指も切って行ってはくれぬ」

私はそこに止まって、じっと見ていた。自分がこうも無情でよいものか。

崖を這ってくる兵たちはみんな、「はっ」と見て、止まらずに降りて行く。自分が生きるためのスケジュールの中に、落伍者のための体力の割愛も、憐憫《れんびん》の情も、果ては倫理感もかなぐり捨てた虫けらの行軍であってみれば、無情さえも通用しないいまの時間なのだ。

でも、私はそばへ寄った。虫けらのような人間どもの目の前に、彼を晒《さら》すよりはと思ったからだ。

小指を切り、遺品をおさめる余裕がなければ、せめて死体を谷へ落とそうと思った。支えになっている左手を、草から離してやればよい。這っていって、彼の左の拇指に手をかけ、静かに開いてやろうと試みた。

少し動いたようであったが、それは肉の弾力だけであり、硬直した五本の指は、私の行為に反抗するようにしっかりと握られて、開こうとはしない。

「いったい、だれに会いたいと言うのだ。だれも来やしないぜ、哀れな奴だ。そうしたいんなら、そうしてろや……」

結局、私もみんなと同じく、小指も切ってはやらず、名も調べず、ただ、その兵隊の汚れてはいるが、ととのった眉や、引きしまった口元を近々と見なおしてから、「おれのできることは、お前の顔を覚えておくことしかない、許せ」と言っただけだ。

唇を言葉どおりに動かして、声帯からは息を出さなかった。名前と小指を持っていったところで、家の人が悲しむだけだ。私はそこをゆっくり離れてからは、二度と上を見ずに下山しつづけた。

強者と落伍者

昼がとっくに過ぎても、いっこうに傾斜はゆるまなかった。膝が震えてもたなくなると、崖に背を凭《もた》せ、仰向けになっては休んだ。降りても降りても、急峻はつづいた。

寒気は徐々に去って、緑の闊葉樹が見え出したことが嬉しかった。

恐ろしげな羊歯の巨木の代わりに、なつかしい熱帯ジャングルの樹海が眼下につづくところまできたとき、左手の林の中へ食える草を探しに入った奴が、すさまじいものを見てきた話を私にしてくれた。

二十数名の死者の一団が、そこにあったことである。おそらく夜を徹して山を降りた海軍さんの一コ中隊であろう。隊長を中心に、みんなお互いを抱き合ったまま果てている。蛆が湧いて、ひどい臭気が立ちこめ、ふた目とは見られなかった惨状であったと。

私はそれを聞いて、止まらずに降りた。完全に安全圏に入ったわけではないのだ。寒さのつぎにくる疲労をどこでいやすか、一時も早く平地へ着かなければならない。身体を水平にして寝ることも実現しなければならない。

雑嚢の中に、まだ塩が三枚はある。昨日の食い残しのジャングルいもも少しある。それを腹に入れれば、今夜は眠れる。要は麓へつくことだ。

月のあるうちに頂上を発ってから、丸一日、何も食わずに必死に下った。案外、短い距離だったのかもしれないが、いま、思っても、距離感がまったくよみがえらず、時間の経過だけははっきりしている。

ふらつく足で、一つの小高い出っぱりをひょろっとまわって、急に眼の前の地形がやさしくなったとき——もうほとんど夕方であった——傾斜畑で鼠の尻尾ぐらいの甘薯の掘り残しを漁《あさ》っている私の中隊の連中に、ばったりと追いついた。そこが山の終わりだった。

飯盒の底に、赤い火がちょろちょろと見え、景気の悪い淡青い煙が数本立ち昇り、乞食《こじき》部隊が黒く固まっている中に、中隊長の顔を見つけた私は、多少面映ゆかったが、報告した。

「佐藤上等兵、ただいま到着いたしました」

「てっきり、お前は駄目かと思ったが、よくがんばって追いついたな。身体はよいのか、明日から本隊と行動を共にせい」

哀れな奴じゃ、何もこんなところで死ななくとも。

「はっ、いまから充分眠ります。昨夜は頂上を脱しきれずに、小林といっしょに火を焚いて切り抜けました」

　落伍者はいつでも見捨てられる。強い者たちだけを率いて隊は前進する。この行軍は戦闘の一部だから、落伍者のために戦闘員たるいかなる兵士も、隊から離れることは許されない。負傷し、あるいは病に倒れた者は死ぬか、自力を復活させて隊を追うかである。

　一人がへまをしたために、初年兵全員がビンタを食っても、口惜しくも馬鹿らしくも思わなくしてしまうのが軍隊教育であった。だが、一人が病を得て歩けなくなったとき、全体の力でそいつを援《たす》けることはしないのも軍隊である。前者は連帯感だといい、後者は戦闘の峻厳だという。死なばもろとものの強い団結力は、妙なところでたがゆるんでしまう可能性がある。

　落伍して死にたくはないから、私は自分のペースで歩いた。

命令で休み、号令で進み、合図で速度を変え、無駄な勤務と班長以上の上官に仕える当番兵の役割……。中隊の集団の中にいる以上、これらはすべて最下級の兵士、すなわち新兵さんに割り当てられる。それが、私の精力をすりへらした。私は新兵であったからである。

出発前からマラリア気味で、キニーネ剤の服用でようやく熱発を抑えていた私は、精力を果たし切って落伍する前に、みずから隊を離れた。不真面目で、反抗的な兵隊であったのだ。なればこそ、あの身体であの山を越えることができたのだと思う。

隊を離れ、ひとりで歩き、一回目は六、七日後には追いついた。私がいくらゆっくり歩いても、自然に先行する隊との距離はちぢまっていったのである。

サラワケットを越えたときも、二度目の離脱行であった。

いも畑で中隊に追いついたとき、中隊はそこで、後から来る者のためと、隊員の休養をかねて丸一日、滞在していたのである。

山を降りたところで待っていてくれようとは思ってもみないことであったし、嬉しいより先に、多分に迷惑でもあった。このふらふらした体で、明日からいっしょに歩ける自信がなかったからである。

「佐藤、おくれたんか。おれあ、みんなといっしょに夕べ、夜通し山おりたんさ。せつなかったさ」

観測班、航速側定手、大竹全作上等兵が、不意に私の肩をたたいた。

「おお、お前、はや来てたんか」

背が高く痩型《やせ》で、顔も三か月のようにとがっていて、少し猫背で細い声で物を言う奴だったので、私同様、少なくとも軍人向きではなかった。

甲幹も仲よく落ちた。一選抜の上等兵に私はなったが、大竹は選ばれなかった。私と同じ新発田市の呉服屋の長男で、私は新発田中学、大竹は商業学校を同じ年に卒業している。当然、話が合い、満州時代から仲がよかった。

あの身体じゃ、この山は越せまい。そう思った者は多いはずだ。芯は丈夫な男であったのか、真面目だけに必死になってついて来たのか。

「小指くらいのいもなら、まだ探せばあるで」

「そうか、有難い。お前、食ったか」

「うん、でかいのあったさ。でも塩、持たねろ。からだ、だあるてさ。それに、ほら当番さ、食うもの採《と》ってこいって言いやがる」

「馬鹿、根性よし。やることたあねえ。こんど自分でやって下さいって言うんだ」

「ひって、おこるすけの、言えねてば」

「ほら、塩。おれもあと二枚きりじゃ、だれにも見せるなよ」

「おっ、サンキュー。ちぇっ、寝るとこもいっしょさ。ばかばかしい」

大竹は班長のところへ帰った。私は暗い畑の中で、ごそごそと蔓を目あてに鼠の尻尾ぐらいな甘藷を、五、六本探り当てた。

最後の塩

「私が蔓《つる》みたいに細いいもを煮て食っているとき、大竹君がまた来まして、もっと塩をくれと言うんですわ。で、お前、おれはあと二枚きりだと言うたのがわからんか、と言うとですな、〃班長はうそだというのだ。確かに持っているから、もらってこいというんだ。な、頼むから半分でいいで、くれや〃と泣きそうなんですな」

昭和二十五年の夏、私は職場の青森から新発田へ赴《おもむ》いたとき、意を決して大竹の仏前に座った。お母さんは御主人を亡くされ、呉服店の家業は弟さん夫婦が一生懸命に営んでいた。

家族全員の前で、彼の最後を知っているただ一人の私が、なるべく平静を装って語りつづけていた。

「私が先にやった塩も、半分取られたらしいのですな。私はその班長が憎くて、〃絶対やらん〃と頑張りましたね。するとどうでしょう、大竹君が帰ってまもなく、今度は班長自身が来ましたよ。まったく人を馬鹿にしているじゃありませんか。〃もっとあるだろう、わけてくれ〃と言うのです」

「うちの全作は、その班長の小使いでしたかねし」

「そうなのです。おとなしいものだから、そんなときでも使われていたのです。私は、くそと思いましたね。〃私の雑嚢を調べて下さい。もしあったら、みんなあげます。私はいま、持っていません。ないのです。あげられません〟と言いましたら、さすがにそのまま引き返しましたがね」

難関を突破し、なお元気な息子が、なぜ帰らぬ列に入ったのか、丸顔のお母さんは、じっとうなだれて、私の言葉を待っていた。

つぎの日、大竹は失明したのだ。私がついに塩をあたえなかった腹いせなのか、一晩中、生木を燃やす仕事を言いつけられて、息を吹きつづけたという、そこはまだ寒かったのである。

「大竹君は私のすぐ後ろを歩いていましたが……」

眼が見えなくなったでえと言って、ふらつき出した。煙が眼に入ってひどく痛かったから、そのせいだと、しきりに手の甲でこすっていたのである。

私は巻脚絆を解き、一端を彼の腹に巻きつけ、他の端を手に持って、引っ張りながら歩いた。火を焚《た》かせたくだんの班長は止まりもせず、さっさと先に行ってしまった。何という男だろう。

私にとって三度目の落伍行がはじまったわけだが、この行の二日目にひどい喧嘩《けんか》のあとで、この大竹とも別れてしまった。

それは、岩をつみ重ねた谷川からの切り立った登りであった。いまはまったく視力を失った大竹を、一段ずつ押し上げてきた岩道の中腹でのことである。据えた腰を上げようともせず、私に「先に行け」と言い出したのである。

もう少し、もう三十分耐え抜けば、頂きに出られる。ここで休んでは、休ませてはならぬという心の焦りが、私の言葉を荒らくしたし、強い力で引きずり起こそうともした。

しかし、体力を使い果たした彼は、

「手を出すな、お前の世話にはならぬ。おれはおれの勝手にする。行け、おれは動かぬ」と開きなおった。

腹立たしさが私の胸に溢れ、突き放すようにして、一気に崖の上へ出た。崖の終わりは意外に近かったのが、私をほっとさせた。

「ここで待っていりゃ、大竹君も心細くなって、這《は》ってでもくるだろう、と思いましてな、二時間ぐらいでしょうか、横になって待ちました。充分に声がとどく距離だったので、ずいぶん、叫びましたわ。おおたけーっ、上がってこーいって」

仏壇の蠟燭がゆらめき、お母さんのすすり上げる声が聞こえた。ぽっかりと穴のあいた空間のしじまの中で、私はやはり本当のことを言わなければならなかった。

二時間後、崖の上に頭を出したのは、一人の海軍さんであったこと、途中の岩だなに兵隊が一人腰をおろしたまま動かずにいたことも、その人が教えてくれた。私の叫ぶ声も、はっきりとどいていたことも。

ふたたび崖を降りて行くことは、私にとって、とても辛いことであった。迎えに行っても、果たして素直についてきてくれそうにもなかった。

「行くぞー、行ってしまうぞーっ」

私は、「待ってくれ」という返事を、傾きかけた太陽を気にしながら、じりじりと待っていた。

「お母さん、すまんことでした。その後、大竹君はどうなったか、だれも知りません。それから十日後、キアリによろよろ到着してから、私は志願して一ヵ月、落伍者収容員として残りました。本隊はさらに後方のマダンへ行きましたけど、もしや全作君がくるのじゃないかと、毎日毎日、待ってましたわー」

私はここで、話をすーっと止めた。母親は私を責めるまなざしは送ってこなかった。静かにお茶を奨《すす》め、お菓子を出して、

「本当にありがとうございました。あなたのお話で、やっと納得がいきました。全作は、それだけの寿命でしたんろねし」

あまりにも人間的な彼の最後のようすは、たぶん、あのお母さんの胸には定着しないだろうと思った。

息子の死は、あくまで神聖で、美しい犠牲の上に咲いてなければならないと何年も思いつづけてきた母親にとって、私の話は別の世界の醜い人間の利己本能をついにむき出した厳しい話として、その中に息子の介入を許しはしないだろうと思った。

八月の終わりの、明日は新発田祭りだという午後の蒸し暑い町の通りは、明るく賑やかにざわめいていた。

納得のいかない、何千の魂が、はるか南の冷たい山肌に朽ち果てているというのに。

その山の名は「サラワケット」――だれも知らない、だれも知らないのだ。

口の中でぶつぶつつぶやきながら、私は祭りの提灯の下を水原新道へ向かって歩いていった。

第三部

キアリ到着

昭和十八年十月十五日、ラエ一万の日本軍は、東部ニューギニア・スタンレー山脈の鞍部、標高四千メートルのサラワケットの山中に、二千五百余の犠牲者を置き去りにして、ようやくキアリに辿り着いた。

半年におよぶ連合軍との死闘につづいてこの一ヵ月を越えた密林彷徨に、精魂尽き、銃も弾丸も捨て、骸骨のように痩せ細り艦褸《ぼろ》をまとった乞食集団に化してしまった。

サラモアでは敵B24を十四機撃墜し、その発射音で味方の士気を鼓舞したと、たびたび司令部から賞讃を受けたわが浦山隊の勇士も、いまはかろうじて歩ける体力しか残っていなかった。

「ここがキアリか？」

「よく命が持ったなあ……。だが、この身体じゃ使いものにならんわい」

「てへっ！　内地送還てとこか」

「じゃねいわい。引き鉄《がね》さえ引けりゃ、みんな蛸壺《たこつぼ》行きだとよ」

「ちえっ、せっかく生き延びたによ……」

マッカーサーは、われわれが山越えに予定の四倍以上の時間を費やしたと知るや、急遽《きゅうきょ》、フィンシュハーヘンを陥《おと》し、ここキアリに迫っていた。

「重患者でないかぎり、山を越えた歩兵さんは、みんな前線へ行ったらしいど」

「気の毒になあ。高射砲はどうなんだ」

「いままでさんざん働いて来たが、火砲なしでは、歩兵さんの足手まといじゃ」

「ま、サラモアみたいに、また玉砕命令出て、今度こそ一巻の終わりってとこだな」

海の方で、さかんに重機が鳴り、ときおり超低空で敵機が物凄い音でジャングルを掃射して行くから、やっこさんたちは近くにいることは確かだ。

だが、彼らは用心深く、性急には攻めて来ないことは先刻、ラエで経験ずみだ。最後の白兵戦までは、三週間はあるだろう、それまで、どこかにもぐって身体に力をつけておかなければなるまい。

この八月下旬、ラエに残留していた春田信一伍長は、サラモアの本隊からの命令で螺旋《らせん》の摩滅した砲身と眼鏡の代替受領のため、潜水艦でラバウルへ行った。

だが、戦況悪化のため帰れず、空しく日を過ごすうちに中隊のキアリ転進を知り、大隊命令をもらって、ふたたび危険なダンピールを海トラ（海上トラック、汽帆船のこと）で渡り、五十人分の被服と食糧を携行して、われわれをキアリまで迎えに来てくれていたのである。

彼はわれわれが山から下ってくるまでに、歩兵本部とつねに連絡をとり、糧秣の受領や傷病兵の後送のため、海トラ船便情報を確保するなど受け入れ態勢をしていてくれたので、われわれは大いに助かった。

キアリ歩兵部隊の救護班で、夢にまで見た米にありついた私は、こげ臭い乾燥味噌の汁をおかずに、銀飯《ぎんめし》とはこんなにうまいものかと、しみじみ味わって食った。

私の命を支えてくれた圧縮塩は、山を越えた十月五日の夜、大竹上等兵と分け合ったのを最後になくなっていた。だから、乾燥味噌で塩分が補充された身体が、一時にすーっと軽くなるのをおぼえて、塩がいかにたいせつなものか改めて知らされた。

慢性マラリアを毎夕、塩基剤でかろうじて抑えていた私は、思うように足が出ず、せっかく山を越えたところで追いついた本隊とも離れ、同行した小林上等兵にも大森寿一兵長にも先に行かれ、たった一人で歩いて来たのであった。

したがって、まさかラバウルへ行った春田伍長が、ここまで出迎えていてくれているとは、夢にも思ってはいなかった。

「本隊の連中は、昨日、ここで牛缶を一コずつもらったらしい」と、他部隊の落伍兵から聞いて、涙が出るほど残念であった。まさに食い物のうらみとやらで、いまにして忘れられないでいる。

一日遅れて本隊に追い着き、隊長に、

「佐藤上等兵、ただいま到着いたしました」

軍靴の半張は大きく剝《は》がれ、黄色の通信線で縛っていたが、踵《かかと》を合わせ、膕《ひかがみ》（膝《ひざ》のうしろのくぼみ）を伸ばし、きちっと挙手の礼をして報告をした。

「おう、佐藤か。よく来た、もう駄目かと思っていたぞ」

落伍した者を援《たす》けることはできない。自力でなんとか追いついて欲しいと願っていた隊長は、それが癖で、細い眼をしばしばっとさせ、軍刀を杖に立ち上がってねぎらってくれた。

「佐藤上等兵！　入院するなら、連れて行くぞ」

傍らにいた中川原広司衛生兵が突然、意外な言葉をかけて来た。私がよほど弱っていると見えたのであろう。

「いいえ、入院はいいであります。マラリアはなおりました。その代わり、黄色のキニーネが欲しいであります」

と、即座に入院を拒《こば》んだ。

ラエ、サラモアで数多くの戦友を野戦病院へ運んだが、前線の病院は看護も薬も食事も満足ではなかった。くわえて、じめじめと日の当たらない極悪の環境の中に建てられたニッパ椰子の小屋に、ただ放置されているだけのものであった。

あまつさえ国際法で守られているはずの赤十字のマークさえも無視され、そこが敵機の爆撃の目標になり、サラモアでは軍医も衛生兵も、爆撃のある日中は遠くの壕に退避し、傷病兵は、ただじっと小屋の中で敵機の去るのを神に祈るしかなかった。

撤退前の八月末には、ラエ病院が爆弾の直撃で三百名近い患者もろとも吹っ飛ばされたあ

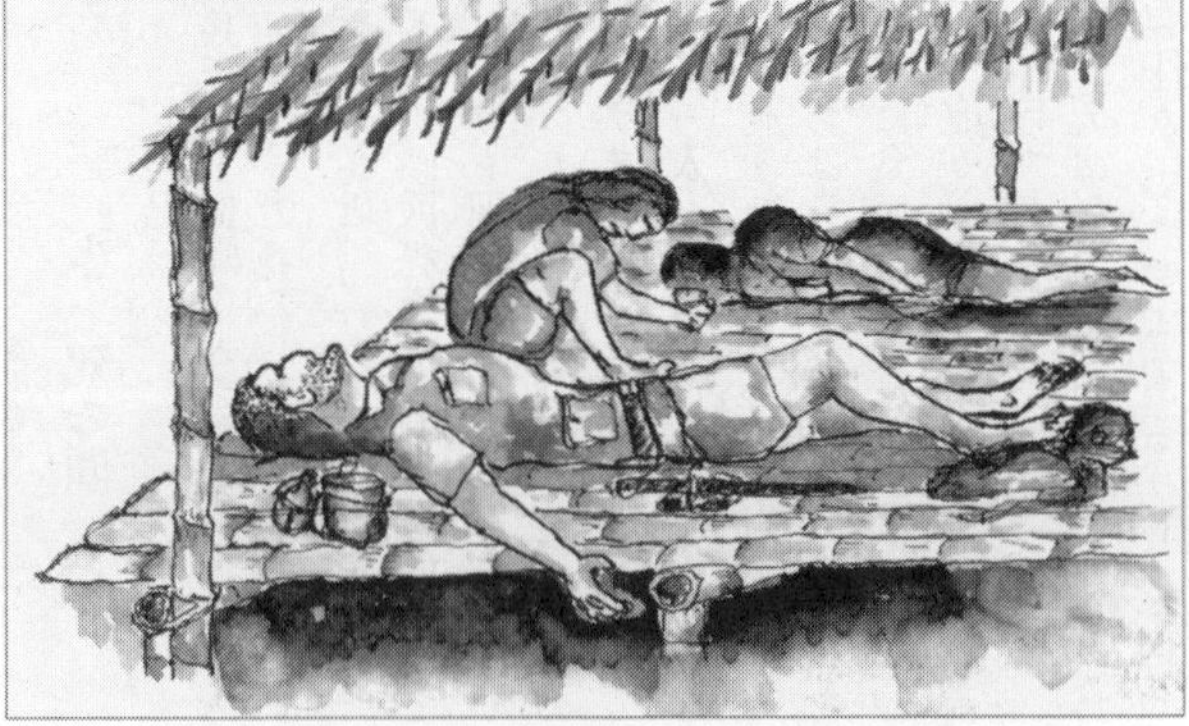

最前線の野戦病院が恐ろしかった

との惨状を眼にして来ていたから、前線の病院では死にたくないと思ったのであった。

隊長は体力の弱った兵士を、ここに止めず、なるべく後方へ下げ、体力の回復と戦線からの離脱をさせてやろうと配慮してくれたのであろうが、私としては前線の野戦病院が恐ろしかったのである。

そう言えば、昨日まで同行したS上等兵もK・O兵長も、あとからやって来た指揮班十八名の罹病兵小隊の姿が見えないのは、たぶん、みんな入院させられたからに違いない。

ラエ上陸時には百八十名だった中隊も、戦死、病死、入院、行方不明などで、この行軍の末に、キアリ到着後、ここに残っているのは隊長以下、わずか四十二名になってしまった。

四十日ぶりに歩くのをやめ、歩兵部隊から一日一合の米をもらって、全員、三日ほど平和に暮らした。

生と死の間

工兵隊が手榴弾で大きな魚を数尾もあげた話が流れると、青森県大間の漁師である新田義夫上等兵が、ラバウルの海岸陣地でなまこを取った話をし、この海にだっているはずだからとりに行くべと、二人で海岸へ出た。

真っ白い砂浜がずーっとつづいていて、遠浅の海の抜けるような青い色は、故郷の日本海のそれよりも何倍も美しく、小さな波がゆったりと岸を洗っていた。白い砂は珊瑚《さんご》の屑で跣《はだし》の足の裏にちくちくと刺さったが、海の中も同じであった。太陽は燦々《さんさん》と降りそそぎ、椰子の葉はガラスのようにキラキラと輝いていた。

人っ子一人も見当たらぬこの静まり返った海岸に、ひょっこり出て来た日本兵が褌《ふんどし》一つでこれから何をするのだろうと、遠くからアメさんたちが双眼鏡で覗《のぞ》いていたかも知れないのに、私たちは貴重な兵器を使って、魚をとろうとしていたのだ。

蚤《のみ》と虱《しらみ》に食い荒らされた肌に、海水が滲《し》むのが気持よく、股間《こかん》もよく洗えと声をかけ合ってから、私が先にもぐってみた。浅い海底近くで眼をあけると、赤い小鯛のような魚がたくさんぼやけて見えた。

「こりゃ大漁だぞ」思わずにっこりした。

岸に上がって、二発あるうち一発持ってきた手榴弾の安全ピンを抜き、編上靴の踵で発火させようと、弾《たま》を逆さに持ち替えたとき、どうしたわけか撃針がぽろっと落ちた。

入隊以来、手榴弾投擲《とうてき》練習は、模擬弾しかしていなかったので、実弾ははじめてであった。砲兵だったから、騎兵銃での射撃訓練同様、通りいっぺんのものでよかったのかも知れない。

さて、どうしたものかと迷ったが、砂中からやっと撃針を見つけて上向きにした弾《たま》の穴につっ込み、靴の底でひっぱたいたら、シューと音が出た。

一、二、三で、思い切り投げたが、せいぜい四十メートルくらいのところで、ボカンと水煙が上がった。すぐ飛び込んで二人で探したが、一匹の魚も浮いて来ず、がっかりして黒い二十センチぐらいのなまこを二、三匹、持って帰った。

飯盒で煮たら、みるみるちぢんで五、六センチになった。なんとか食おうと口の中に入れたが、固くて苦《にが》くて食えた代物ではなかった。南方のなまこには毒があると知った。海へ行ったこと、手榴弾を使ったことは、みんなに黙っていた。

二日目の昼すぎ、落伍して駄目だろうと言っていた露木浩志一等兵がひょっこり現われた。五十嵐少尉が二十名のお人形さんみたいな補充兵を連れてサラモアに来たのが撤退前一ヵ月のことで、その中の一人が彼であったが、まだ二十歳に達していない志願兵とのことであった。マラリアで倒れた彼の戦友どのを最後まで看取《みと》り、小指を焼いて骨にして持って来た。認識票も首からはずして来た。そのためにおくれたと言うのである。

並みいる古参兵は、いちように声もなく、彼の報告を聞いていた。病に倒れた戦友を援《たす》けていっしょに止まり、看護した者は、この中にはだれもいなかった。

転進軍司令部より出された命令は、『落伍者は自力で追及せよ。自殺者は道より奥に入ってなせ』であったから、その命に従ったまでだといえばそれでよいのである。

しかし、このひ弱な少年兵は、そうすることが人としてごく当たり前のこととしてやって来たのである。

「よくやった。ご苦労」

隊長は短く、だれもが生と死の極限でかえりみなかった人間として忘れかけていたものをよび醒《さ》まさせるように、きちんと彼をねぎらった。

枯木のようにやせ細った少年兵も、その場から中川原衛生兵に付き添われて病院へ行ってしまった。

ここで入院した者のほとんどがマニラへ行ったと言うから、おそらく彼も、彼が抱いていったあの小指の骨も、あの地で消滅したに違いない。堰《い》一太郎上等兵のように、とんとん調子で内地まで後送され、退院後は前線下番で終戦まで威張《いば》っておれた者は、美人看護婦つきの一等宝くじを引き当てた幸せ者であったのである。

栄養失調とマラリアにさいなまれた末の疲労困憊《こんぱい》は、勇猛な日本兵からも戦意を奪い取っていた。

また、病イコール死の行軍の果てに夢想だにしなかった病院があり、傷病者を後送すると聞けば、どっと心が崩れて、後送の向こうに内地が見えてくるのが人情であろう。

入院が生か？　野戦に残るが死か？　ふらつく足で即座に入院を拒《こば》んだ私はいま、こうして生きている。

躊躇の沈黙

三日目の朝がきた。

「点呼！　二列横隊整列！」

自力突破の難行軍が終わり、気力で目的地へ到達した兵士のうち、衰弱いちじるしい者を入院させてしまうと、健兵はいくらも残ってはいなかった。転進前の小隊・分隊の編成は、完全に崩れ去っていた。火砲から離れ、機関銃分隊に属していた者も、私以外、一人の分隊員もいなくなっていた。

分隊長の近藤秀夫軍曹は、サラワケットを越える数日前、ちょっとした油断で、工兵隊のやくざ兵士に、命より大事な米の入った雑嚢《ざつのう》を盗《と》られてしまった。

盗んだ奴はあいつだと安藤四郎兵長。安田東一軍曹、それに中隊長も加わってもらってそいつと対決し、

「お前の雑嚢の中味を見せろ」と迫ったが、相手もさる者で、

「もし盗品が入っていなければ、近藤軍曹の片腕を頂戴するが、それでよかったら調べろ」

と開きなおられて、とうとう負けて帰って来た。

軍紀も上官も人情も、一切のものは飢えの前では何の役にも立たない、飢餓《きが》集団の中での

転進であった。

隊長はその夜、全員を原住民の小屋に集め、いきさつを話し、装具を盗られぬよう注意した。

「まことに軍人として卑怯な行為であるが、確たる証拠をつかめぬ以上、射殺して、いたずらに他部隊と混乱を招くわけにもいかぬ。戦友近藤軍曹のため、各自、盃一杯の米を出してやってくれ」

「少しでもよい。な、たのむ」

軍曹が上等兵の前に手をついて乞うた。

まだまだ山は遠いと言うのに、私の靴下には二合の米もなかった。肉を削がれる思いで、盃に一つほどの米を出した。

「ありがとう、ありがとう」と、涙を流してお礼を言っている彼に、しかし、だれもなぐさめの言葉すらかけずに、うらめしそうにそっぽを向いているだけであった。生死を共にする戦友愛も、いつしか消え失せていた。

そんなきまずいことがあってから、近藤軍曹はあまりわれわれとは物を言わなくなり、キアリに着くと同時に入院し、後送組に入り、機関銃班も解体してしまった。

安藤兵長に聞いた話だが、近藤軍曹とは、マニラ陸軍病院を退院した昭和十九年六月ごろ、コレヒドールで会ったという。そのとき私といっしょにサラワケット山頂で一夜を明かした小林上等兵にも会ったが、二人はその後、比島にまわされ、あそこの戦闘で二人とも玉砕されたと言うことである。

　私が一番砲手であった火砲第一分隊の分隊長だった南山武雄軍曹は、私とともにサラワケット山中で、ある日、猛烈なスコールに遭《あ》った。

　瞬時に氾濫した小さな谷川にかかっていた細い丸木の上を、私が渡り終えて岸に跳《と》び上がった瞬間、すぐ後につづいて来た彼は、ぐらぐらする丸木を踏みはずし、逆巻く濁流の中を、二度ほど頭を上げたきりで、見えなくなってしまった。同年兵の新田義夫上等兵や志田元治上等兵が大声をあげて川岸を走ったが、矢のような急流に、手のほどこすすべはなかった。

　副隊長の犬塚少尉までが山を越える三日前、ケメン付近で赤痢《せきり》とマラリアで倒れ、死を覚悟して当番の高橋清一上等兵に自分の食糧全部をあたえ、本隊を追及させているし、もはや生存の望みはない。

　残るただ一人の将校は、八月十二日に二十五名の補充兵をラバウルから潜水艦と大発を乗りついでサラモアまで輸送したのち、ラエに帰り、ここで残留小隊の指揮官となっていた五十嵐義一少尉であるが、彼もともに山を越えた後、入院してしまった。将校は中隊長だけとなってしまった。

　下士官では奇跡的にマラリアを克服し、転進梯団本部連絡下士官として山を越えた安田軍曹が任を解かれて、中隊へ帰って来ていたが、その彼とラバウルから出迎えてくれた春田伍長の二人だけであった。

　点呼の号令を響かせたのは、安田軍曹であり、さらにつづけて、

「身幹順序《しんかんじゅんじょ》（身長順に整列する）！」と叫んだ。

私は当時の兵士としては身長が中くらいの五尺五寸（約百六十七センチ）あったから、前列右から五番目くらいのところに並んだ。

「気をつけ！　番号！」

兵隊はこれを聞くと、安心する。ジャングルの中のわずかな平地に、きちっと横一線に頭が揃ったみごとな二列横隊は、いつでもどこでもできるという兵たちの自信に満ちた技《わざ》でもあったからである。

「一、二、三、四……」

水の流れよりもなめらかに素速く、しかしそれは「十九！」で切れた。

「隊長どのに敬礼！　頭《かしら》あ右、なおれ！　安田軍曹以下三十九名、その他異状ありません！」

軍隊とは面白いところで、これほど多くの事故者があったとて、いま現在の戦力に支障なければ、異状なしなのである。

「休め！」

案外、元気な隊長は、いつものように指先はぴんと伸ばさず、内側に曲げた士官の貫祿《かんろく》で挙手の答礼をしてから、

「困難な行軍によく耐え、ご苦労であった。多くの人員を失ったが、やむを得ない。今後の行動について伝達する。高射砲隊は速やかにマダンに転進すべしと、司令部から下令された。

ただいまより陸路、マダンへ向け出発する。糧秣は、そのつど駐屯する友軍より支給される。距離は約二百キロである」

　貴重な高射砲兵は、後方へさげて温存し、せっかく手に入れた橋頭堡《きょうとうほ》を空からまもろうという軍の魂胆は読めたが、何はともあれ、他兵科では考えられない後退と、食糧切符も手に入れたことになったのである。

　声にはならないざわめきが起き、前線へ再配備される歩兵さんに対して、不謹慎な笑顔を見せた者もいて、ちょっといやな気分を味わった。

「当地には中隊三十余名の落伍者収容のため、春田伍長以下三名を残す。任務終了後は、海路本隊に追及することになる。敵Uボートが出没し、危険ではあるが、希望者は前に出よ」

　間髪を入れず、私は一歩前に出た。考えるひまはなかった。これ以上歩くことはできない。みんなに迷惑をかける。海で死んでもいいと、迷わなかった。

　つづくもう一人が出ない。躊躇《ためらい》の沈黙があって、二年兵の石鉢福蔵上等兵が後列から割って出た。同じ一分隊だった。

「自分も残るであります」

「よし、佐藤と石鉢は、ただちに春田伍長の指揮下に入れ——本隊はただいまより一時間後に出発する。各自出発準備をなせ。以上、伝達終わり。解散！」

　観測の高橋清一上等兵が、仲がよかった私のそばへよって来て、

「佐藤、陸の方が安全だど。かならずやられるって話、聞いてねえか……」

「うん、そのときはそのときさ」

「元気であとから来い。先に行く」

三日の休養で、やや精気をとりもどした隊員は、汚れた服装のままではあったが、きちんと整列し、二コ小隊に編成しなおして、マダンへ向かって進発した。

われわれ三名は、左端に立って見送ったが、気がかりなまなざしを残して遠ざかる戦友へ、心配するなと手を振って別れた。

落伍者収容班

われわれを残して、みんなマダンへ行ってしまうと、毎日ただじっとして、生きて辿《たど》り着く者を待つだけの仕事になった。

春田伍長は、毎日、歩兵部隊本部へ連絡に行くようすで、彼が毎日もらってくる一人一日一合の米を朝晩二回に炊き、平等に分けて食うのにずいぶん神経を使った。

新兵が入って来ない戦地では二年たっても初年兵で、飯炊《めした》きはいつも私であったが、体がだるいせいで、口ほどには動かなかったように思う。

役得というか、浅ましいというか、そのわずかの飯を分けるとき、自分の飯盒の蓋《ふた》には米をやや押しつけて盛り、見た眼には同じようでも、他の二人のそれにはふっくらと盛った。

春田伍長は知っていて黙っていたが、石鉢上等兵は、「今度からおれが炊く」と言って、

私に当番をさせなかった。一日乾パン一袋のときが多かった。

ラワンの大木の下でも、日中陽《ひ》の射《さ》すところがあると、そこへ五寸（約十五センチ）ぐらいのかなへびが出る。緑色のピカピカしたやつが、半日も辛抱すれば二、三匹はとれる。

木の枝でひっぱたいたやつをそのまま水たきにするのだが、臭《にお》いもくせもなく、大変おいしいものだった。だが、ぎょろっと眼をむいたまま茹《ゆ》で上がったのを、いくらすすめても、春田伍長は決して食わなかった。

彼は、ずっと炊事班長をしていたし、今回の飢餓転進へも加わらなかったから、かなへびを食うところまでは、腹をやせらせたことがなかったせいである。

私は蛋白質の欠乏は、人間の理性までを狂わせることを学習の知識として持っていた。だから、「気味が悪い」という心証的な理由で、重要な栄養を摂取できないという馬鹿げた話を肯定する非科学性の持ち合わせがなかったものだから、春田伍長を不思議な人だと思った。

サラワケットを越えるとき、新田義夫上等兵が長根辰雄兵長といっしょに、斃《たお》れた軍馬の骨だけになった残骸に行き会い、何か食うところがないかと一心に探した。が、肉はきれいにそがれ、陰茎だけが残っていたのを見た。

なんとかこれを食おうと、剣で二センチぐらいに切断し、二人で分け合って歩きながら口に入れた。しかし、これだけはとても嚙み切れるものではなく、もぐもぐしているのを戦友に見咎《みとが》められ、おれにもよこせと言われて弱った。

だが、これのおかげで空腹をごまかし、なんとか山を越えられた、と昭和五十一年の七月に見附市で開いた第一回戦友会の帰りに、私の家に泊まって行った長根さん、山下さんと四人で大笑いした。

私にも同じようなことがある。数千にのぼる先行梯団の通過後には、何一つ食える物は残っていない。タロいもの焼けた黒い皮さえ拾って食った。

豚の焼跡が道端に転がっているのを怨めしそうに眺め、真っ黒な頭蓋骨を足で蹴飛ばしてから、ふと「待てよ!」と思った。脳味噌がある! 銃剣でたたき割ると、果たして真っ白などろどろした飛び切り上質な蛋白質の脳味噌が出てきた。

まずかろうはずはない。クリームに似たその味は、かつて経験したことのない美味《おい》しさであった。一度に体内に力が充実してくるのが分かったのである。

落伍者は時を定めずやって来て、援《たす》けを求め、そのつど春田伍長の指示を受けたが、中隊の者はなかなか来なかった。

藪《やぶ》の中を四、五人で固まって来る者や、たった一人で黙々と歩いて行く者など、大抵は他部隊の兵士であった。三十五歳くらいの召集兵がやつれ果て、休ませてくれと現われた。前日、救援隊に米をもらったが、とてもこれから本隊を探す元気がないと言う。明日にでも作戦本部を尋ねて今後の指示を受けるように春田伍長から言われ、腰を落ちつけた。

律儀《りちぎ》な田舎のおやじさんという格好のその兵隊は、人肉を食わされた話をした。

飢餓と人倫

彼の話をつづけよう。

山中でマラリアに罹《かか》り、部隊に置いていかれてから自力で歩いて何日目か、天幕を張って休んでいる二人に遭《あ》い、何かあったら食わしてくれと頼んだ。

なぜかと言うと、彼らは火を焚いていて、飯盒からはうまい匂いの湯気が出ていたから、何日も米粒の入っていない腹には、恥も外聞もなくなって物乞いしたという。

「ああ、いいよ。好きなだけ食え」

親切な言葉に、夢中でごちそうになった。

「よくこんな山中に豚がおりましたなあ」

「ああ、よかったら、ここで泊まっていけ」

「助かります。そうさせて下さい」

一晩世話になるつもりで小便をしに裏へ回って、何気なしにこんもりと外被におおわれているものへ眼をやり、その中から人の足が出ているのを見たとき、全身に冷水を浴びたようなショックを受けた。

「しまった！　やっちゃったな！」

二人に気づかれないようにそっと外被をめくってみると、まさしく尻の肉が大きく殺《そ》がれた兵士の死骸であった。平静に平静にと、何食わぬ顔でもどって、

「まだ明るいから、せっかくですが、少しでも歩いてみます」

二人の顔が鬼に見えた。目で互いに〝見たな〟という合図をしたようだった。

三八式歩兵銃がそばにあった。

「射たれる！」恐怖がずんと身体を突き抜けた。

自分の装具をつかむや、夢中で走った。射ってはこなかった。知らなかったとはいえ、人肉を食ったのだ。一心に念仏を唱えて走った。腹のものを全部吐き出しても、なお嘔吐《おうと》はつづいた……と言う。

「大変なことをしました。飢えると人間、何をやるか分かりませんなあ」

話し終えて、また念仏を唱えていた。

われわれ三人は黙って聞いていた。

モレスビー作戦で敗退したブナ地区の南海支隊も、極度の飢餓にさいなまれ、地獄の戦線で消滅した。その話をする。

われわれがラエに上陸した昭和十八年一月ころの戦局は、つぎのようなものであった。

昭和十七年八月にブナに上陸した南海支隊は、兵站《へいたん》をともなわぬまま一気呵成《かせい》にスタンレー山脈を越え、モレスビーの灯《ひ》の見えるイオリバイアまで攻め込みながら、糧秣の欠乏とマラリア患者続出のため、涙を呑んで火線を撤収した。そうしてブナ、ギルワに追いつめられ、優勢なマッカーサー軍に包囲され、言語に絶する悲惨な敗け戦を展開していたのである。

十二月に入るや、戦線は死相を呈し、下旬にはギルワは玉砕、ブナは全滅した。かろうじて脱出し得た骸骨のような兵士の数は、わずか二百余名に過ぎなかった。

第十八軍はなお陣容建て直しを計り、サラモアへ兵員増強のため三月一日、乾坤一擲《けんこんいってき》の八十一号作戦を強行した。だが、筒抜けの作戦指令により、輸送船団七隻がことごとくダンピール海の藻屑《もくず》となり、三千トンの軍事物資と七千名の将兵をたった一日で失ってしまった。

ラエ海岸に火砲を据え、道路に砂利を敷き、蛸壺を掘り、重機陣地を構築し、支援態勢をととのえ、われわれも一、三中隊の到着をいまやおそしと待ちかまえていた。

船影はそのわれわれの視野に、いつまでたっても沖合に現われず、不吉な予感が頂点に達したとき「全船沈没」の悲報が伝達され、暗澹《あんたん》たる気持になった。

「甘味品一箱、かならず活躍（かっぱらうこと）してやるから楽しみにしていろ」

三年兵の新田上等兵が、弾丸の飛び交うだろう揚陸作業のどさくさにまぎれ、特級品の羊《よう》羹《かん》を失敬する計画を、われわれに漏らしてはよろこばせてくれていたのも、水泡に帰《き》してしまった。

　三月上旬ごろ、南海支隊の生き残りが、無残な姿でブナから二ヵ月を費やしてようやくラエ海岸に辿りついた。食う物を探し、われわれのいるタロいも陣地前を、ふらふら歩いて来た。彼らの襟には階級章はなかった。めしをくれと言うのだ。ラエ兵站部へ食糧をもらいに行ったが、管轄が違うといって、こころよく支給してくれなかったという。

　言語に絶する苦闘のすえに全滅した、部隊のほんの一握りの生き残りに対してまで、敗者には冷酷な軍隊の官僚主義に腹が立ってならなかった。敗者には日の当たる場所がないのだ。

　われわれも、敗ける前に死ななければならないと、そのとき思った。炊事班へ行って事情を話すと、大森兵長が大きな握り飯をつくってくれて、これをやれと言ってくれた。

　ラバウル行きの大発を待っているという彼らは、生への執着など微塵もないと、黄色な顔で眉毛も動かさず、声にも抑揚をつけず、目はあるかなきかの幻にその焦点を据えて、極限状態のブナ壊滅戦のことを、ぼそぼそと、しかもわれわれをさげすむような口調で話してくれた。

　敗残の兵は、友軍との出合いをみずから避けていたのかも知れない。軍も彼らを隠密裡に後方へ下げ、ふたたび死地へ投入する道をとっていたのであろうか。

　われわれの目と鼻の先に展開していたであろうこの敗戦状況は、当時の将校ですら詳《くわ》しくは知り得なかったから、あのとき、その真実を知ったのは、彼からひそかに聞いたわれわれ

二、三の兵のみであったと思う。

しかし、そのことを知っても、私はこの戦争を日本の侵略と考えたり、皇軍に失望したりはしなかった。むしろ、その運命を甘受している彼らが、男らしく立派な姿に見えた。

全軍の何十分の一の生き残りなのに、高ぶりもせず、米がもらえなければ草を食い、病に罹《かか》れば平然と死んで行ける心境が、私にも欲しいとさえ思った。

戦死した戦友の肉のことも話した。

「どんなに痩せて、骨と皮ばかりになって死んだやつでも、骨には食える肉がこびりついていますぜ」

「おれがやられたら、おれの肉を食って射て！　というのが、孤立陣地の最後の姿ですわ。蛸壺の前に戦友の屍《しかばね》を弾丸《たま》除《よ》けに積んで、その陰から狙っては射ち、狙っては射ちして持ちこたえました。死なんかったのが不思議で、あとはおまけで、なんてことなくここまで来ました」と結んだ。

私たちは唖然として聞き入った。ブナが陥《お》ちてはや何ヵ月もたつというのに、マッカーサーは、このラエどころか、サラモアにさえ顔を出していない。いかに日本軍の抵抗がすさまじいものであったか、彼の話から想像できた。

当然来るべき戦いに、身震《みぶる》いする思いであった。

つぎの日、山岸邦男上等兵と彼らのいる海岸へ出てみた。慰めてやりたいという気持と、ようすをみたいという気持が半々であったのだろう。

焼けつく砂浜の小さな木陰の下に、みんなはゴロゴロと横になっていた。小柄な面長な隊長らしい人が、将校帽をかぶって兵の間を歩いていた。階級は分からなかったが、佐官級らしく見えた。

一つの木陰で並んで寝ている一人が、自分も寝たままで、しきりに隣りの兵士に砂をかけてやっていたが、半分ほどでやめてしまった。

穴を掘る体力がないから、こと切れた戦友に、せめて砂をかぶせてやろうとしているのがようやく分かって、私たちの足はそれ以上は前に出なかった。

早くラバウルへ行けばなんとか助かるかも知れないのに、ここで大発（上陸用大型舟艇）を待ってもう一週間になる。見捨てられた彼らに、大発はまわっては来ないのだ。

踵《きびす》を返して右手のジャングルに少し入ったとき、白い異様な固まりが眼に入った。白布が捨てられているように見えたのは、幾重にも重なり会ってうごめいている蛆《うじ》の大群で、中に人の顔が埋まっていた。

舟を待つ間に死んだ戦友へも、何もしてやれない集団とはなんだろう。固有名詞のついた○○隊でもなければ、△△分隊でもないばらばらの生き残りの集まりなのだ。だれが死のうと、おそらくその名さえ分からないのである。

じりじりと日の射す海辺の砂の上に寝ていなければ、彼らを拾いに来た大発に乗れないのである。飛行機のこわい大発は、たとえ病のためにでもぐずぐずしている者は、一切おかまいなしで置いていってしまうからだ。なんという恐ろしい戦場であろう。

ここにいる二、三十人の人は、精魂尽き果てたわれわれと同じ日本軍人の集団であるというのに……。

人肉を食う、食わぬ、なんていうのは、恵まれた奴らが、したり顔してやる議論で、おかしくて話にならん。

私は心でつぶやきながら、何もできずに逃げるように陣地へ帰った。それはキアリに来るつい五ヵ月ばかり前のことであった。

それからいくばくもなく、われわれはサラモアへ進出し、必死の対空戦の後、ふたたびラエに撤退し、南海支隊に似た運命をたどり、サラワケットを越えて、いまキアリにいるのだ。が、彼らほど悲惨ではなかったわけは、われわれは転進のはじめから、負傷兵、罹病兵の担送を、作戦命令として行なわなかったからにほかならない。

南海支隊はあくまでそれを実践し、多くの健兵がそれがため斃《たお》れたとすれば、われわれはまことに非情な戦友集団であったのであろうか？

一万のうち二千五百の損失ですんだこの転進作戦の裏には、多くの置き去りにした戦友の命の代償があったのである。

戦友の肉を食うところまでは追い込まれなかったわれわれは、おじさん兵士が去ったあと、そのことについて長い間、議論を闘わせた。

「斃れた戦友の肉を食い、生き延びて、国のために死ぬまで戦うか。そうせず人間の徳性を失わず、餓死して敵の進攻を早めるか。春田伍長どのはどう判断されますか」

「佐藤なら、どちらを選ぶかな」

「自分はたぶん、前者をとり、戦友の肉を戦力に替えます。死ぬのがいやなのではありません。道徳・人倫では戦争はできないことは、明白であります」

「おれはいやだな。肉を食った者を咎《とが》めなんかせん。肉を食わずにおれが飢死して、味方の全滅を早めても、みんなはおれを許してくれるだろう」

正論の春田伍長には、それ以上反対論せず、ギルワで重傷を負って歩けない兵が陣地に残ったため、二日も三日も重機を射ちつづけて味方の脱出のために時間を稼《かせ》いでくれたという南海支隊の生き残りから聞いた話の助太刀《だち》をするのをやめにした。彼は当然、前者であったろう。

石鉢上等兵は最後まで、自分の意見は言わずじまいであった。

気力の追及者

本隊がマダンへ去ってから一ヵ月の間に、約三十三名の中隊落伍者のうち十二、三名だけが、ふらふらしながら到着した。

すべて甲種合格者だけで、骸骨のように痩せ衰えてはいたが、気力をふりしぼって辿り着くのをみて、徴兵検査で選別される、甲、乙、丙のランクは決して伊達《だて》ではないと思った。

関西の出身で、満州時代から私といっしょであった立派な体格の米沢初男兵長がラエを撤退し、密林行軍の一週間目に早くも遅れ出した。

「どうも足が重くて歩けん」

「そんな頑丈なからだで、どうした」

「おれは第一乙じゃった。そのときは面白くなかったが、軍医はよう診《み》てるわい」

早々と落伍した彼は、ついに姿を現わさなかった。補充兵でこの行軍を完うし得た者は、前述の露木一等兵ただ一人であった。

古年兵の会田兵長と大森兵長、志田兵長の三人組は、山を越してから本隊におくれて、あとから来た私と合流したが、会田兵長の調子がわるく、

「佐藤、先に行け」と言われ、三人の先に出た。

その三人が、わりあい元気な足どりで、収容班の前に姿を見せたのは本隊が去ったつぎの日であった。

会田兵長たちは春田伍長の連絡で野戦病院に入院し、しばらく静養してわれわれの撤収二、三日前に大発で後送され、ぶじウエワクに着いていたのである。

母の幻

つぎに、奇跡的に生還した犬塚少尉、加藤国雄兵長のことを書かなければならない。

十一月に入り、幾日もたたないころ、百パーセント絶望視されていた犬塚少尉が、幽鬼の

ごとく軍刀を背負い、杖に縋《すが》り、血の色なく、かろうじてよろよろと歩いてわれわれの前にあらわれた。彼は、サラワケットの前のケメンで、マラリアとアメーバ赤痢に罹《かか》り、回復不能とみずから覚悟を決め、当番の高橋清一上等兵に持っていた全食糧をあたえ、隊長への最後のメッセージを託して本隊へ追及させたのである。

高橋は三日後、サラワケット・アタックのため、その麓で一泊中のわれわれに追いつき、隊長にそのむね報告した。

隊長は、思い思いに分散している中隊の中ほどの岩の上から、

「はなはだ残念であるが、ついに……」と、犬塚少尉の脱落と生還不能を伝達し、それを聞いたわれわれは、

「あの元気な犬塚少尉が……」と、この行軍がまだ半ばにも達しないうちに失われた指揮官に思いを馳せ、いさぎよく死を決して部下に食べ物をあたえた心情を、さすがと敬服したのであった。

その彼が、あの四千メートルの峻嶮を、どう越えたのか？　あれから四十日間、何をもって命をつなぎ、いかなる力が彼に残っていたというのか？

彼の眼は虚《うつろ》で、私の顔はわからないようであった。もっとも将校と兵であるから、私の印象は薄いのは当然で、春田伍長とは、肩をたたき、うなずき合い、ややもすれば倒れんとする体を春田伍長に託し、生還の感激に浸っていた。

みんながマダンへ出立してから、もう二週間はすぎているのだ。

春田伍長は、ただちに歩兵本部へ行き、折よく当夜入港した海トラに、犬塚少尉を押し上げて船の中へ入れた。半ば意識のない犬塚少尉は、ごみ屑のようにデッキに転がっていたというのである。

それからどうなったか。おそらく生きて故国へは帰っていないだろうと思っていた昭和四十二年、あれから二十年もたって突然、彼の生還を知り、見附市で感激の再会をした。

以後、何回も会うたびにこの話をするのだが、彼は、何を食ったか、どこをどう越えたか、何日かかったか、何一つ心に浮かばないという。おそらく、水だけで四十日間、歩いたのだろうと言う。その強靱な精神力には、頭が下がるのみである。

山中で倒れたとき渾身の力をふりしぼって起き上がった右手に、白い小さな石灰岩が握られていた。その石を己れが生へのお守りとして肌身離さず故国へ持ち帰り、家宝としているのである。戦友会のたびに展示されるこの小さな石を、万感こめて眺むるは私だけではないであろう。

頂上に何日いたかも定かでない。あの寒気の中で倒れた彼を、死の淵から呼び覚《さ》まさせたものは、暗夜に浮かぶ母の幻《まぼろし》の励ましであったことを聞けば、親子の愛情身につまされて涙禁じ得ない。幾千の母の幻に抱かれて、英霊はいまもこの山中に眠っているのだ。

犬塚少尉が来てからさらに幾日目のこと、日課のかなちょろたきをしているとき、三人連れの兵士が、私の前を通り過ぎようとした。と、中の一人が突然、大声で私に抱きついた。

「佐藤じゃないか！　おれは、おれは生きて来たぞ！」

涙を流していた。機関銃班の加藤国雄上等兵であった。サラモアで足に爆創を負い、歩行困難となり、転進前日、潜水艦で後送されるはずのが駄目になって、残って自爆するよりはと不自由な脚で中隊を追い、ブス川で追い着いた。だが、以後はまったく遅れ、なんとか四つん這いになって山を越え、やっといま、四十五日かかってここに着いたと言う。

おそらく、だれにも会えまいと思っていた矢先に、私がいたものだから、うむも言わず私の胸にすがって、おいおいと泣いてしまった。

戦友に泣かれたのは、二人目であった。同じサラモアで腹に爆弾の破片を入れた山形の早川幸之助一等兵が、私の肩にすがり、

「おっかちゃん！」と泣いたのが一人目である。

みんな、世界一勇敢な日本兵であった。彼は岐阜の出身で、弾丸の来ない野戦の夜は、しきりに故郷の話をきかせてくれた。

〽郡上《ぐじょう》のナー、八幡出て行く時はー雨の降らぬに袖絞る、袖絞るソンデセー……

サラモアでラエで、灯のない戦地の夜によく郡上節を歌って聞かせたが、折にふれて踊らせてみせて、片足をひょいと上げるところが、佐渡おけさを見て育った私には、とても奇抜に感じたことを覚えている。

その弱った加藤上等兵を収容し、大発で送ったつぎの日、春田伍長が、もう舟が来ないと言うから、いまからここを撤収して夜間、接岸航行でマダンへ行くと言い、帯剣と飯盒が装

具のすべてであった私は、そのまま海岸へ出た。

春田伍長は、小屋に何か書いて残しておいたようすであった。

最後の舟便

夕暮れのキアリの海岸には、桟橋もなく、大発がエンジンをかけて止まっていた。

輸送指揮官は工兵大尉で、船の舳先《へさき》に立って申告を受けていた。

「ラエ高射砲第五十大隊第二中隊浦山隊春田伍長以下三名、落伍者収容の任務を終了し、本隊追及のため乗船致します」

「よし、乗れ！」

あらかじめ連絡があったようすで、すぐ許可が出た。

大発の中は、すでに多くの傷病兵で満たされていて、座る空間のない私は、舳先に据えられた口径四十ミリの歩兵砲の脚座に腰をかけ、石鉢上等兵もどこかへ割り込んだか、姿が見えなくなった。

砂浜には独歩患者（一人で歩ける病人）がたくさん残っていたが、騒ぐようすもなく直立していた。

「以上で、本日の後送者は打ち切りじゃ。残った者はつぎを待て」

「ヨーソロー、微速前進、取舵《とりかじ》ー」

船はすぐ出た。

「最後の便なのに、残った者は？」

「つぎを待てだよ。とにかくわれわれは員数外なのだ。高射砲兵という特別な理由でな」

そっと春田伍長は答えた。

ラエでのように、泣きわめいて、海の中まで追ってくる者もいなかったし、指揮官は軍刀を抜いてもいなかった。

友軍が一人もいなくなる転進前夜のラエ海岸最後の患者輸送艇に取り残された病人は、血を吐くように「連《つ》れて行ってくれ！」と叫びながら船べりにつかまるのを、抜刀して追い払ったという加藤国雄上等兵の話を聞いていた私は、いずれここも……と残された人たちへ申しわけない気持で、キアリを後にした。

星明かりの海を、左手にジャングルを黒々と見ながら、接岸航行で進んだ。

突然、エンジンが止まり、〝話やめ〟の伝達が、さざ波のように伝わった。

「Uボートだ」「伏せろ」「音を出すな」

気味の悪い静寂がつづく中で、歩兵砲手が砲口を沖へ向けた。

たった一門の砲で勝てるわけがない。見つかったらおしまいだ。やられる前に一発かまして、うまく当たりゃ、四十ミリだもの、彼らのボートなど吹き飛ぶだろう。

息を殺して、爆音の遠のくのを祈った。

「敵船去るー。エンジン全開、三号基地へ向かえ！」

フルスピードで三号基地に入ったのは夜明け前であった。椰子の木でかくされた、秘密の中継点であった。

米をもらって、入江を三百メートルも奥へ入ると、炊事用の空地があって、兵士が三々五々、火を使っていた。

「煙を出すな！」口々に言っていた。

ちょっとでも煙を出すと、奴《やっこ》さんたちは闇雲に爆弾を落としていくから、桟橋がやられるのを避けるためである。

入江で米を研《と》いで嘗《な》めてみたら、あまり塩辛くないので、その水で炊いた。

枯木を集め、煙を気にして、ようやく三人分をつくって味をみたら、えぐいやら塩辛《から》いやらで、食えたものでなかった。

春田伍長に叱られたが、もう一度米をもらってやるから炊き直せと言われ、今度は水筒の水を使って炊き、勿体ないが前の分は捨てた。

たとえにがい飯でも捨てるなんて、罰当たりなことができたのは、輸送船舶隊が、乗船者へ支給する糧秣を充分携行していたからにほかならないし、われわれの方も贅沢《ぜいたく》になっていたからだ。

夜間行動だから、夜まで寝て待つのだ。

飯を食って休んでいるとき、同じ方向から一隻入って来た。操舵室がけし飛び、舷側に穴があき、みんないちように青ざめていた。

われわれと同じコースを来たが、Uボートに見つかって二十ミリをさんざん射ち込まれ、命からがら脱出したものの、二名の戦死者を出したと言う。

「途中で遭ったあいつだな」

「もう少しおくれたら、おれたちもやられたな」

私たちは、ここでもすれすれのところで難をまぬがれた。

穴を掘って死者を埋め、読経もなしに夜を待った。その夜から二艇で行動することにした。

二日目は何事もなく夜明けを迎えたが、もちろん一睡もせず、警戒しどおしだった。

着いたところは、とある小島の入江で、椰子の葉で厳重に船体をおおい、五十メートルほどの高さにある島の頂きに向かった。

そこはジャングルではなく、明るい草地で、小道の両側には禾本科《かほんか》の植物が一本の穂先につゆ草に似た青い花を一つつけているのが、陽光に洗われた草地の彩《いろどり》となっていた。

そんな花が目にはいるほど心が和《なご》み、子供のころ、故郷の田んぼの中にあった広い〝田の島〟でよく遊んだことを想い出していた。

頂上からぐるっと海が見え、どこにも弾丸のにおいもしない平和な佇《たたず》まいが、たまらなく心に迫ったからであろう。

そこに三坪ばかりの住民の住居があって、雨水を受けるドラム缶が軒下に据えられ、褐色に染まった雨水が八分通りの高さに溜まっていた。無数のぼうふらが浮いていて、木の棒でふちをコンとたたくと、いっせいに沈下した。

「ぼうふらがいりゃ心配ない。沸かしていただこう」

「雨水には、アメーバもいないしな」

住民には悪かったが、その水でぼうふら入りの色ごはんを食って、夜まで時間を過ごした。空から見つからないように、小屋の中で寝たり起きたりした。家の中には、家具らしいものは何一つなかった。


まん中に火床があって、そのまわりは土をぱんぱんに搗《つ》き固めた土間だけで、敷物もなかった。火床は調理用ではなく、蚊いぶしをするためだから、小石が二、三転がっているだけの小さなものであった。

外壁は椰子の葉を編んだすけすけのもので、窓はなく、これで蚊に食われずに寝られるはずはないと思った。

ほとんどの住民は、慢性マラリアに罹《かか》っていて、周期的にくる高熱を、その体力だけで凌《しの》いでいるだけに過ぎず、それだけに彼らの平均寿命はわずか四十五歳ぐらいだということである。

そういえば、日本のように白髪、曲腰がりの老人は、あまり見かけなかった気がする。

住民はどこかへ逃げて姿を見せなかったから、うす暗い小屋で枯草を燻《いぶ》して一日ねていた。滑らかで冷たい土間は気持よく、いやな飛行機の音もないまったくの別天地だ。気の弛《ゆる》むことのなかった今日までの戦陣のあけくれの中に、ぽっかり穴のあいた忘我の一日であって、これから先の心配もやめにして、夕べのつかれをいやすことにした。

南海の水平線に沈む真っ赤な太陽を、何年ぶりで見たことであろう。この高台から海へつづいている青い草原と、岸辺の高い椰子の葉先も、夕日に赤く染まっていた。

〽ぎんぎんぎらぎら夕日が沈む……。

私はこの歌が好きであった。夏の夕方、佐渡の見える故郷の砂浜で、無心に歌った子供のころが懐かしくて、拳《こぶし》をきゅっと握りしめ、仲間に聞こえぬ小さな声でゆっくり歌ってから、「帰りたい！」とひそかにつぶやいた。

夜間の接岸航行で、かろうじて虫の息の輸送をつづけている日本軍の小型船を狙って跳《ちょう》梁《りょう》するUボートの裏をかき、沖合の小島に、中継基地をつくり、命がけで輸送した船舶工兵隊の功績は大きい。私に別世界の安らぎをあたえてくれた、たった一日の楽園は、いわば工兵隊の知恵の所産ではあったのである。

マダン高射砲隊

三日目の夜は何事もなく、夜明け前にマダンの入江に着いた。魔のダンピールを遙かに北上し、Uボートに対する安全圏内に入ったせいであろう。戦渦がまだ及んでいないこの町の広い道の両側には、青い芝生と草花の咲いている庭がつづいていた。

船を下りて十分も歩いたころ、満州のジャムスにいたという高射砲十三連隊の一コ中隊が、広い屋敷を陣地として砲列を敷いていた。

二階建ての大きな邸を本部とし、前庭に四門を配置した華麗なものであった。

「さすが後方だなあー」

「怖いもの知らずじゃ。これじゃ、一発でやられるぜ」

「まる見え、まる裸じゃないか」

「くわばら、くわばら」

春田伍長は、勝手知ったるごとくずんずん入っていった。そこには、一月ほど前に別れた隊長と戦友の顔があった。本隊は二十八日かかって、昨日着いたばかりであった。

隊長に報告をすませ、われわれの任務が解けてから、みんなにここまでの転進のようすを聞き、K見習士官が大河をわたるとき、急流に呑まれて行方不明になったことなどを知らされた。

高橋清一上等兵がやつれた顔で、

「お前ら、大発で三日で来たかや。歩かねでもうけたな」

「うん、おれ、歩く自信なかったで、残ったさ。Uボートにやられる覚悟はしていたけどな。運よかっただけだわい」

「それにしても、この陣地、気にいらんな」

「うん、見ろ、この大きな赤い屋根」

「ここにいるぞ、ここをねらえ、てなもんだな」

「おれたちがラエで、ドイツ人住宅を中心に敷いた椰子林陣地と同じで、たちまち木端《こっぱ》みじんにやられるこってさ」

「どっかに散兵壕でも掘ってあっかや。こんなとこで死にとうないてば」

二ヵ月ぶりで朝飯を、その中隊の炊事班から給与され、ありがたかった。

ここの火砲は、新品で完全に見えた。

九ヵ月間、われわれと共に闘い、迷彩はあせ、駐退液を漏らし、内腔螺線《ないこうらせん》が摩滅するまで射ちまくったり、撤退を前に、涙ながらにわが手でハンマーをふるって来たあのラエの火砲とは、くらべものにならなかった。

「これで射ちゃ、命中《あた》るぜ」

「弾丸《たま》も湿気《しけ》てねべしな」

ラエでは、密林の湿度で信管がやられ、十発中二、三発しか空中で炸裂しなかったのである。

射撃訓練がはじまった。同じ砲手の眼で他部隊の技《わざ》を見まもっていた私は、いま行なわれている信管射撃に心を奪われていた。

「目標！　一番機！　三秒！　射て！」

それきりなのである。三元は何もないのだ。

一番と四番だけが砲にへばり着いているだけで、火砲も、砲身を前に向けたままなのである。

「よし！」の声で、九番が拉縄《りゅうじょう》を立てつづけに引くのがよく見えた。待ち射ちだから、仰角だけがぐぐっと上にあがり、急にまた下がっていった。火砲は回らなかった。

「こりゃ凄《すご》い。一騎打ちじゃ」

「超低空にゃ、これしかないもんな」

「うん、お手並み拝見したいもんじゃ」

ラエ、サラモアでは、B24が主たる相手であって、つねに千から千五百くらいでやって来たから、三元で勝負するのが身について、信管射撃にはあまり馴染《なじ》みがなかった。

平川実上等兵が即死したラエの椰子林陣地で、不意を衝《つ》かれた超低空のB25には一発の応戦もできなかった不覚が、いつまでも私の心に残っていたのである。

サラモアで、あの大きな空の要塞B24を十四機も墜《お》としたわれわれの自負が、後方マダン高射砲隊、何するものぞ、と見くびっていた。が、ここへ来て彼らの決死の気迫に気圧《けお》されてしまった。

航路角零で突っ込んで来る奴を傍眼《わきめ》もふらず、砲を前に向けたままで、腰だめで射ち墜とそうという必殺戦法に、われわれは思わず身ぶるいを感じた。

マダン高射砲隊の勇敢さは、その日のうちにわれわれの眼の前で実証された。

一騎打ち

午前九時、射撃訓練の最中に対空監視哨から警報が入り、鐘が連打された。

「発見！　ノースアメリカン四十機、北東より我に向かう！」

海上を舐《な》めるように迂回して、赤い屋根に向かってまっすぐにやってくるのを見た私は、なまじ傍観者なだけに、髪の毛を逆立ててしまった。

一瞬、陣地は沸き返り、その中をよく透る声で、

「目標……信管……三発……」が響き渡った。

轟然と鳴る砲と敵機の十三ミリが、怒濤《どとう》のように交錯するころ、身をひそめる場所を探して飛びまわった私は、かろうじて見つけた海辺の一メートルくらいの崖っぷちに倒れ込んだ。

敵の曳光弾が、赤い火の棒になって顔の上を幾筋もかすめ、それが海面に突き刺さらずに、鏡に反射する光のように、空に向かってジャンプして行く不思議な現象を眼にしながら、私は戦闘のようすを、とことん見てやろうと眼を皿にして上を向いていた。

両翼四門の機関砲を乱射し、地上五十メートルを飛び抜けるノースアメリカンの突き出した操縦席の風防ガラス越しに、赭《あか》ら顔のパイロットの緊張した表情がよく見えた。

その操縦席が真っ赤になって飛んで行く奴があった。そこにガソリンはないから、火ではないな。とすると、銃口からの火炎が、ガラスに映《うつ》ったのかなと思って見送ると、そいつは火も噴かずに海へ突っ込んで、でかい水柱を上げてしまった。

ガソリンを白い煙のように曳いて、火にならないうちに墜ちるものや、火だるまになって黒煙を噴いて墜ちるものの多くは、パイロットの絶命によって上昇不能に陥《おちい》り、海上はるか彼方で待つ友軍救出艦までたどり着けない飛行機であった。だから、被弾してそのまま海上へ離脱して行った奴も、相当いたに違いない。

目を凝らして九ツ、十《とお》と撃墜機を数えている私のすぐそばでは、草地に掩体も掘らず、胸の高さの銃架に高射機関銃を据えた銃座があって、戦闘の始めから終わりまで、止むことなしにうなりつづけていたのである。

射手は体をむき出しにして、まっすぐ来る奴に少しもひるまず押し鉄を押しつづけていたし、弾薬手もまた、三十連発の弾装板をつぎつぎとよどみなく装填《そうてん》することに専念し、一度も敵機へ眼を向けることはなかった。

たちまち空薬莢《からやっきょう》で地上が黄色になり、蹴飛ばされたいくつかは、私のところまでとんできた。

陣地を掃射し、海面すれすれで逃げていく奴らの鼻先へ、五発に一発の割に入っている曳光弾の火箭《かせん》が、吸い込まれるように命中するのがよく見える。

「私の耳に、弾丸《たま》がピシピシと機体に当たる音がはっきり聞こえた。

「いい腕だなあーおい。いい度胸だなーおい!」

一波が過ぎて、二波が来るまでのわずかな時間に、真っ赤に焼けた銃身に水をかけ、水蒸気が濛々と立つ中で、かつて重機関銃手であった私が感嘆して声をかけたが、彼らは、ちらと見ただけで、返事もしなければ、気負いもなく、「それがどうした」という顔をしていた。

六百発入りの弾薬箱は、すでに空で、二箱目があけられていた。

沖合で陣容を建てなおした奴らが、やはりぐるっと東へまわり、ふたたび、突っ込む態勢を見せたが、なぜか高度を上げて、そのまま南へ去っていった。

なんとも凄い一騎打ちであった。焼けた銃口にスピンドル油を注ぎ、紫の煙を立たせて手入れをはじめた彼らのわきの椰子の幹に、十三ミリの貫通孔があちこちにあった。

そして、その出口がささらのようになっているのをしげしげと見てから、相当やられたであろう火砲陣地へ飛んでいった。

戦死した砲手の代わりに、わが中隊から応援に何人か出たそうであるが、私は近くにいなかったせいで、この戦闘には参加しなかった。

負傷者が担架《たんか》にものらず、二人の兵に肩を抱かれて、それでも不敵な笑みさえ浮べて軍医の前に運ばれて来た。右胸を貫通されていた。

上衣を裂き、血のしたたる襦袢《じゅばん》を剝ぎ取った胸の傷口へヨーチンを浸したガーゼを、長い

鉗子《かんし》にはさむや、立ったままのその兵士へ、

「日本男子じゃ、我慢せい！」

気丈に返事する間もあらばこそ、一気に差し込んで、あっというまに背中から引き抜いた。一言のうめき声も立てず、包帯に巻かれている兵士に、

「立派な奴じゃ。さむらいじゃ」

軍医は何度もつぶやき、まわりのわれわれもそのすさまじさに、凝然《ぎょうぜん》と見まもるだけであった。

病院に担送されていったその砲手は、出血多量で、その日のうちに、死亡したと聞かされ、粛然たる思いであった。

この日の戦果は、十機とも十二機とも言っていたから、味方の損失は軽微であったのではある。

対岸の火

マダンで空襲を受けたつぎの日、二、三名の患者を入院させた残りの三十五名ほどの中隊は、十一月十八日ごろ、ウエワク郊外の海岸を行進していた。

マダンからウエワクまで直距離にして四百キロはあるのだから、一部の戦友の言うように、この間を歩いたとは思われない。たった三日で歩けるはずもないのだが……。

何に乗ってこの間を移動したのか、まったく想い出せない。

人間、平穏無事で過ごした時間は、それが昨日のことであっても、完全に忘れているものなのだから、ましてや四十五年前のこと、たぶん、辛《つら》いことは何一つなく、まんぜんと指令のままに動いていたのであろう。

命と、食う心配のないこの三日ほどの行軍の中で、心に残っていることと言えば、つぎのようなものであり、それも一つ一つみんなばらばらで、系統立てて時間を追うことはできないのである。

椰子林がつづいている海岸を固まって歩いていると、不思議な缶詰の山がところどころに捨てられていて、半ば波に洗われ、砂に埋もれたままになっていた。

一粒の米に命を託して、飢餓線上を彷徨して来たわれわれには、どう理解してよいか分からないのであった。

さば、さけ、いわしなど新しいものばかりで、塩水によって錆《さ》びてもいなかった。それがむき出しのまま打ち捨てられているのである。

はじめはどこかの部隊が何かの都合で……などと考えていたが、そうでないと分かってからは、さばなど見向きもせず、さけ、魚団などばかり探しては雑嚢に入れた。

ウエワクとはまったく緊張のない、完全な後方であったのである。当然、そこに駐屯している兵隊どもは、海岸に捨てられた缶詰を屑物として扱っているほどたるんだ連中の集団で、どこまで行っても、てんでばらばらの日本軍隊の指揮系統の一環が見えて、不愉快であった。

ウエワクの中心部とおぼしきあたりに、赤い大きな気球が揚がっていた。

　低空攻撃機を、気球で吊るした網に引っかけようというのである。立派な防空作戦ではあろうが、そのときはなんて滑稽《こっけい》なことをする連中だろうと思った。

「たるんでるなあー。戦争ごっこじゃあるまいし……」

「あんまりアメさんをなめるなってこと」

「射つのが怖《こわ》くて、網にかかるの待っているのか。大和魂、型なしだわい」

　気球隊の兵士が、ガスを半分ほど入れた気球を地べたに這わせたわきに二名が直立し、一人の将校にビンタを食っているのに行きあった。

「なんだってよ」

「浮揚作業がおくれたってよ」

「ちえっ、腰抜け野郎！　ビンタで早くあがるわけねえだろう」

　事情も知らず、小声で悪態をついて、ますますいやらしい眼で、椰子林の向こうに揚がっている三つほどの気球を見上げた。

　行くほどに、道の両側には○○部隊、△△中隊など書かれた立哨所があって、いかにも師団司令部お膝下という感じで、週番下士官が衛兵勤務についていた。

　兵士の肌は、みんな桜色に輝いていて、サラワケットでうけたダメージの回復しない、草色の顔をした汚れてひょろひょろのわれわれの比ではなかった。

　おまけに、腰には炊事用の空缶が真っ黒になってぶら下がっていて、銃剣に当たってカランカランとリズムを立てていたから、立哨はいずれも眼を異様に輝かせて、きちっと踵《かかと》を合わせ、だらだら通るわれわれへ、「敬礼！」と捧げ銃《つつ》をした。

これが噂《うわさ》に聞くかの勇猛な前線下番部隊の名誉ある姿か？　という眼であった。隊長は気どらず、軽く挙手して悠然と歩いていたし、われわれも自然の隊伍で、彼らを無視して行き過ぎた。

「お前ら、こんなとこで何してたんだ」

会田兵長がぶつぶつ言うと、

「いまのうち、楽《らく》しておかんかい。つぎはおまんらの番だろかい」

関西弁がつづいた。

その夜は浜辺の大きな建物のわきに、細長く個人天幕をつないで野営した。

安田軍曹が苦心して受領して来た鵜《う》飼《が》い汁粉に歓声をあげ、副食にうずら豆が配られて、煮豆が大好物の私は飛び上がって喜んだ。

缶詰の空缶に水を入れ、いきなり火にかけたせいか、豆はいっこうに柔らかくならず、結局、物にならず勿体ないが、捨ててしまった。

「おれ、一升めし食ったもんだ」

「飯盒で二コ分だぞ。食えるわけねえ」

新田上等兵と、長根辰雄上等兵が言い合いをしていたが、それじゃ、いまからめしを炊いて、新田に食わしてみよう、ということになった。

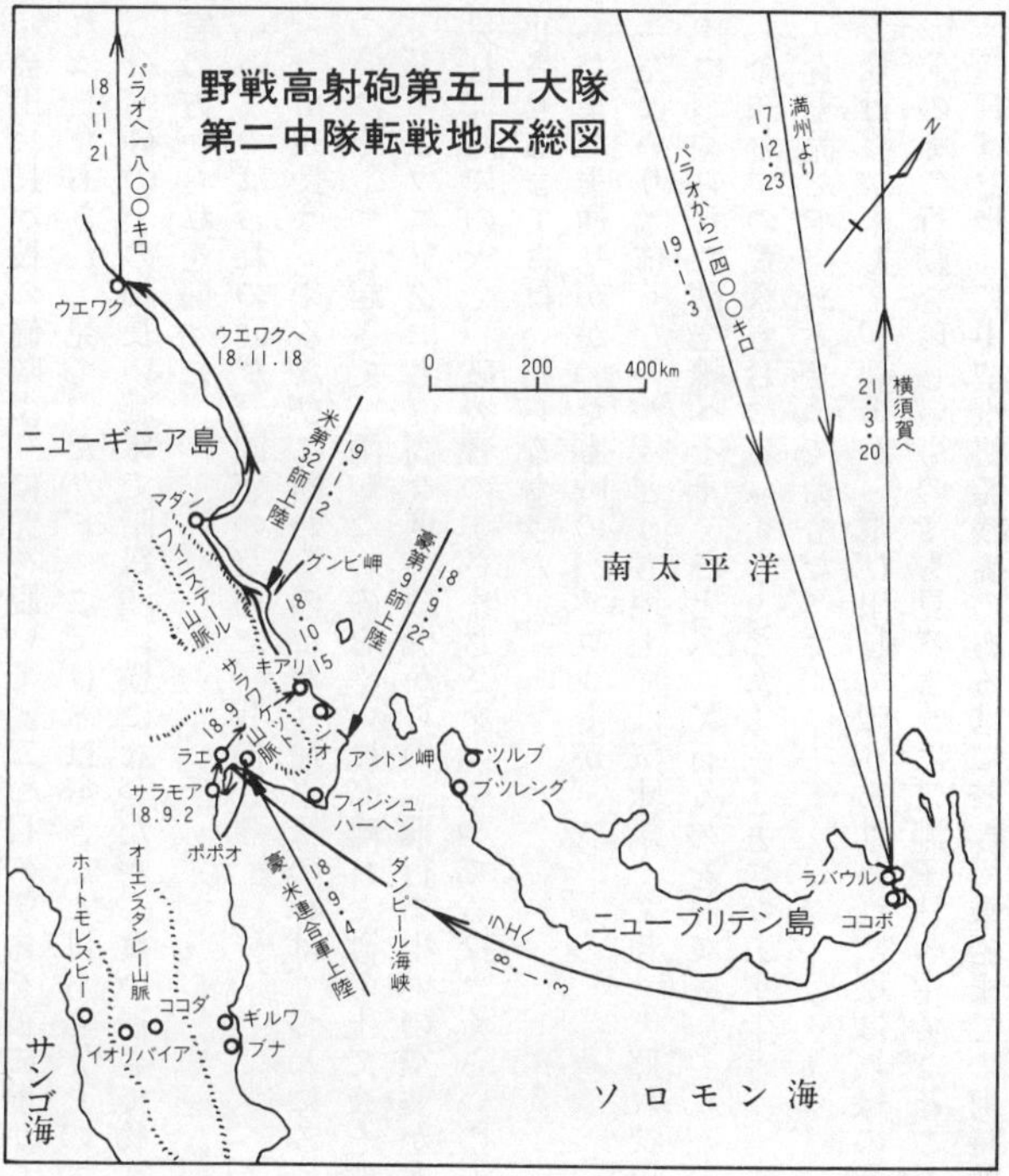

五合の米を炊くと、ほぼ飯盒で一杯になる、一升となると、われわれには想像もつかない量で、それを一度に食うというのである。

出来上がった二つの飯盒を並べ、フォークを突き立てて食いはじめた新田上等兵は、二合の飯で食事中のわれわれがまだ終わらないのに、はや一つ目を空にした。

「分かった。新田、やめろ！　がき腹へ、急に一升めしじゃ、死ぬど！」

会田兵長が彼の健啖ぶりに兜を脱《ぬ》いで、二つ目の飯盒《はんごう》を彼の前からひったくった。われわれはただあきれて見ていたが、ここでは米は好きなだけもらえたのである。

夜、砂の上の細長い寝床で階級順に横になったが、食い過ぎて物凄く臭い屁《へ》が、風上の上官の方から私を襲った。

「いまのはおれの屁だ。国家のためだ、我慢しろ」

会田兵長は、やるたびに断わるのだが、最下級の私は、つねにみんなの奴をかぶるので、ついにそーっと起きて、雨がないのを幸いに、離れた砂の上で夜を明かした。

平和なウエワクにも、高々度の敵機からの、飛行場狙いの空襲があったが、われわれから見れば対岸の火で、破裂音のすさまじさを「やってるな」くらいのもので、自分の行動を中止させるまでにはいたらなかった。

たまたま通りかかった零戦のパイロットが、

「空にいりゃ怖くないが、どうも地上では気味悪くてね」と照れ笑いをしながら、椰子林の中につくられた防空壕へそそくさと入って行くのを見て、

「命知らずの荒鷲もおつる（イメージダウンのこと）なあー」

「貴重品だで、ああせって命令だべ」

飛行機が来ると、兵舎から飛び出して戦うわれわれに壕は無縁のものだったから、パイロットのその行動を珍しいものでも見るように、椰子林の中でごそごそしゃべっていた。

二日ほど歩いて中型汽帆船桟橋のある港に着き、乗船までの何時間かをここで休憩したの

だが、水がほしくて鈴成りの椰子の実を見上げていると、隊長がにこにこしながら、本気でもなさそうに、

「佐藤、登って取るか」と言ったが、

「とても、だめであります」

われわれにはこのつるつるした十メートル以上もある幹を登り、葉の上に逆上がりでき得る余力の残っている者は一人もいなかった。

乗船するとき、踏板《ふみいた》から海底がよく見えて、新品の缶詰が黄色いブリキの底を見せて無数に沈んでいるのを、なんて勿体ないことをしているのであろうかと、無性に腹立たしく思ったりした。

ぴりぴりとすぐ死につながる前線にくらべ、間の抜けた感じの後方では、神経に焼きつくことがなかったせいで、このあたりのことがどうしても想い出せない。

大体、ウエワクまでどうして来たか、ウエワクからどんな船に乗ったか、まったく空白で、月日と、自分の体だけが間違いなく、そこを通過している事実があるだけだ。

このあたりから五十嵐少尉が指揮隊長となり、船の中で、中隊長は飛行機でラバウルへ行ったことを聞いた。

部下がこれからどこへ行くか分からないのに、生死を共にした隊長がひとり別行動をとることは、司令部の命令でよほどの理由あってのことだろうが、それにしても、軍とはむごい命令を出すものだとつくづく思った。

置かれるわれわれよりも、置いて行く隊長がどんなに辛かったろうと思った。

兵隊同志の話では、われわれはくたびれて使いものにならんから、内地へ帰してもいいが、ラバウルに集まった撤退混成高射砲隊を指揮する実戦経験のある優秀な指揮官は、おそらく浦山中隊長をおいてほかにいないだろうから、いち早く彼をラバウルへ呼んだのだ……ということで、私も納得した。

パラオ軍港

昭和十八年十一月二十一日、船は北西へ向かっている。北は内地だ。帰り船である。悪かろうはずがない。

手負いの熊が檻《おり》に入れられたように、みんなおとなしくなってしまっていた。

一日ごとに南十字星が下がって行くのが嬉しくて、夜、甲板に出るのだが、左舷に見えたり右舷に見えたりするのは、敵潜対策のジグザグ航行のためで、まだまだ安心はできない海域であったのである。

なんとか四日目の夜があけて、今日はパラオに着こうかという午前九時ごろ、水平線に淡い青色の島影が見えた。やれやれと思ったとき、突然、

「魚雷発見！」のブザーが船内にひびき渡った。

船艙《せんそう》から飛び起きて甲板にかけ上がったとき、すでに左側を後航していた僚船が、でかい

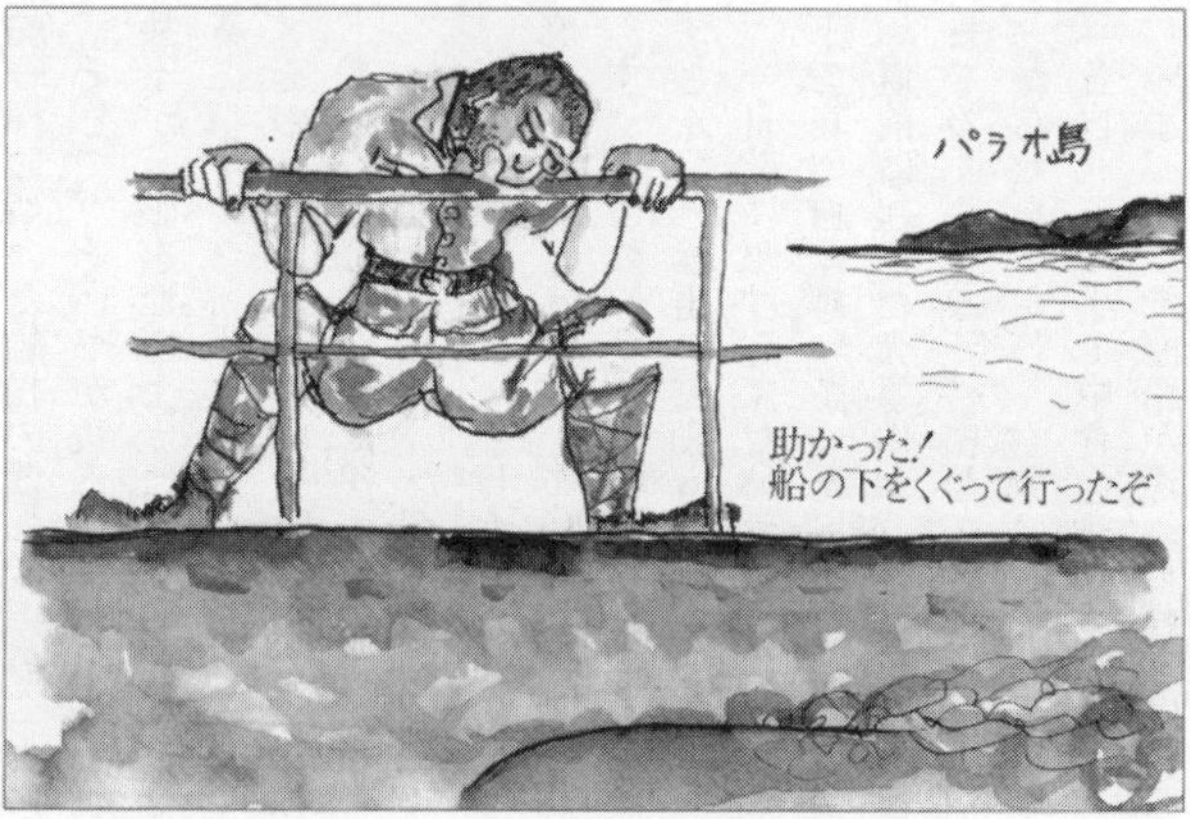

水柱をあげてみるみる傾いてしまっていた。

甲板にいた会田兵長は青い顔をして、

「助かったぞ。船の下をくぐって行ったぞ！」

上ずった声でさらに、

「直横から来たぞ！　観念したぞ！　この船は軽くて吃水《きっすい》が浅かったから、船の下を素通りして、向こうの奴に当たった！」

そんなはずはない。魚雷は海面を突進して来るから、底をくぐるなんて考えられない、動転して一瞬、そう見えたのではないか。船尾すれすれをかすめて行ったのではないか。

われわれがいくら言っても、確かにこの眼で見た！　潜《もぐ》っていった！　と会田兵長はゆずらなかった。

私たちにはまた奇跡が起きたのである。一度目はダンピールで、ラバウルからラエへ行く途中、先頭のわれわれの船をねらった敵潜の魚雷が、横から真一文字に突っ込んでくる奴を、すかさず面舵一杯に切った船長の機転で、みごとにはずした。

そして、そいつが後ろへすっ飛んで行くでっかいピカピカした胴体を、ハッチに鈴なりの兵士が、眼を皿のように見ひらいて、悲鳴に似た喊声《かんせい》をあげて見送ったのが最初の奇跡である。

そのときもわれわれを喰い損《そこ》なった奴が、後続の指揮班船にくらいついて、小林中隊長以下、多くの戦友が海に沈んでしまったのだった。

いま、魚雷を喰らった不運なその船には、多くの傷病兵が乗っていたということだった。

パラオを眼前に、船尾から沈んでいって逆立ちしたまわりには、飛び込んだ人間の頭が胡《ご》麻《ま》を撒《ま》いたように浮いていたが、この船は助けには戻れないのだ。

すぐそこのパラオ軍港から、緊急発進した駆潜艇が救助に向かうのが見えたし、〝ずしん、ずしん〟と爆雷の震動も船底をゆるがせて、われわれの身体に伝わってきた。

一目散に駆け込んだパラオ港は、広大で、戦艦クラスも横づけできる埠頭《ふとう》は、昼の太陽の下で真っ白に輝いていた。

直前に起きた大事件が、まるで嘘のように、われわれは整然と下船し、つぎの指示があるまで為すことなく待機していた。

からだをさらし、呑気《のんき》にしていていいのが、不思議でならなかった。

「各自、その場で中食を摂《と》れ」

いま、そこで僚船が沈められたばかりだというのに、この広い、埠頭でむき出しのままの日本兵が、寒冷紗《かんれいしゃ》の袋の中から乾パンを取り出しては、もぐもぐとやっていてもいいのだろうか。敵機が来たら、どこへ潜《ひそ》めというのだろう。

火砲を持たないわれわれは、犬の糞と同じで何の役にも立たないのだ。こんなところで何をぐずぐずしているのだろうかと、落ち着かなかった。

ニューギニアの十ヵ月というものは、毎日、敵機を見ない日とてなく、対空戦の連続で、からだがすっかり条件反射をしてしまっていた。

だから、ひとが見たら何をやきもきしているのだろうと思うだろうが、戦場で身をさらすことはわれわれには死につながる怠惰な行動で、こんな油断はできなかったのである。

事実、このパラオでの約一ヵ月の休養期間中、一度も敵機の爆音を耳にしたことはなかった。

それほどここは、戦線から遠く離れていたのであった。

「集合！　ただいまより陸軍病院へ向かう」

港のある島と病院のある島は橋で結ばれていて、道の両側の家並みも、内地のそれとまったく変わらず、ふだん通り行き来しているのはみんな日本人で、われわれに注意の眼を向ける者は一人もいなかった。

病院では、ラエから後送されていた三名の兵と下士官が、思いがけない再会に驚いた顔で、寝台のそばに立っていた。

血色もわれわれよりずっとよく、元気そうであったが、これからさらに某地へ後送される予定だと言っていた。

われわれは、まさかここからまた七日もかけて海を渡り、ラバウルへ逆戻りするとは思ってもいなかったから、

「お前たちより一足先に退《さが》っているぜ」

冗談めかして、たるんだ話を、上官には聞こえぬくらいの小声でささやいては、この世のものとは思えないほど肌の白い美しい看護婦が、惜し気もなく汚い男たちの世話をしているのに眼を惹《ひ》かれっ放しでいた。

AやBたちにくらべてわれわれの方がずっと、弱っていたので、彼らが後送されるくらいだから、やがてわれわれにも後送下令あるべしと思っていたのである。

立川を出てから丸二年ぶりに眼にした輝くばかりの若い看護婦は、ついにわれわれには一《いち》瞥《べつ》もくれなかった。

死地を脱し、肩で息をしながらでも、体力の限界を超え、運命の僥倖《ぎょうこう》を手にしえた気負いみたいなものがわれわれの体内から発散されていただろうに、もうここまで下がってくると、周囲の平穏に埋没されてしまって、そんなものは一つも光らなかった。

生きて来たわれわれの何倍の数の若者たちは、ここにいる日本人の盾《たて》として、なんの躊躇《ためらい》もなく命を捨てたのに、ここでは彼らに対する痛みすら感ぜられないほど遠い他郷《よそ》の出来事なのだろうか？

過去に「黙って笑って」死んだ兵士が、どれほど多くいたことであろう。勝てば故郷に顕

彰の墓も建つ。ジャングルに捨てて来た戦友のためにも、この戦《いくさ》はぜひとも勝たなければならないと思った。

敗走途上の無惨な心で、このおれも、大竹上等兵を最後まで看取《みと》れなかったし、だれも死んだ戦友の骨を持ってこれた者はいなかった。

敗けりゃ墓も建たぬ、建っても骨箱はからだ。撤退とは、転進とは、まったく意気の揚がらぬ行軍ではあった。

病院を出て街を抜け、護国神社をおがんでから、長い坂を下って本島へ渡る水道へ着いた。対岸は二百メートルもないが、いかにも深そうで、潜水艦が潜《もぐ》ったまま通過できる要衝であるということだ。

艀《はしけ》を待つ間、ふと見ると、村山時代、同じ幹候教育を受けた馬淵が、濃い顎髭《あごひげ》もそのままに、少尉の肩章をつけて、少数の部下と休んでいた。

〝やあー〟と声をかけたが、私が上等兵なものだから、返事はなく、こっちの笑った顔の持って行き場がなくて、ばつの悪い思いをした。しゃらくせいと思った。

彼の集団もまた撤退兵らしく、将校と兵との会話が角《かど》の取れた民間口調になっていて、集合のときも、「集まれ！」と気合いを入れるのではなくて、「おい！　集合だ」とすこぶる柔らかい。彼らにも銃はなかった。

本島をトラックでしばらく行ったところに、椰子の葉で葺《ふ》いた旧兵舎が数棟並んでいる平地があり、そこがわれわれの休養地で、約一ヵ月、その兵舎で世話になった。床も高く、快適に過ごさせてもらった。

九月十四日以来の敗退で、すっかり自己炊飯が身についてしまっていたから、二ヵ月ぶりに炊事班から三度三度、食事が支給されるのがなんとも有難く、うまいの不味《まず》いのなんぞは論外であった。

名誉の敗残兵

ここについたつぎの日、思いがけなく水野徳治伍長がひょっこり訪ねて来た。彼は昭和十八年四月、われわれがラエに布陣していたときマラリアで入院し、マニラまで後送された。だが、この九月に退院し、ラバウル原隊へ復帰の途上、このパラオへ寄港し、外出時の町中で、われわれ二中隊の某君と遭《あ》い、はじめてわれわれがここまで下がっていることを知り、訪ねて来たのである。

下士官であり、命令でラバウルへ復帰するのだから、われわれと行動を共にはできない。同じ二中隊員でありながら、彼は征《ゆ》く人、われわれは還《かえ》る人に別れてしまった。

指揮隊長の五十嵐義一少尉は、原隊へ行く水野伍長に、戦死者の名簿や、戦闘日誌、重要書類などを託していたし、水野伍長も乗船のためあわただしく帰っていった。

毎日訓練もなく、寝て暮らしたから、体力は眼に見えて回復したようだったが、つぎつぎに発熱者が出て安田軍曹は、それらの兵士を入院させるのにいそがしく飛びまわっていた。

安田軍曹自身も、重度のマラリアを何度も克服して来ているので、体調は思わしくないのだが、軍医のすすめも断わって、隊務処理に全力をつくしていてくれた。

われわれには平和な毎日で、ときには住民といっしょに毒木の根をたたいてつくった茶色の毒汁を、一升瓶につめて海へ行き、なめ流しの方法で魚を取ってきて、晩のおかずにしたりしたこともあった。

二週間もしたころ、思いがけず給料を支給するから一名ずつ来いという伝達があって、安田軍曹から三十円近い金をもらった。兵隊は一日八十銭くらいだったから、一ヵ月分の給料だったかもしれない。

金とは無縁の戦地で、何のためにくれるのか分からなかったが、兵隊をパラオの町へ外出させたいが、金がなくては、どうにもならんだろうという親心で、安田軍曹が三日がかりで、しかも軍部の経理将校と喧嘩して、ようやくもらって来てくれたといういんねんつきの貴重な金だったのである。

翌日曜日に第一回の外出許可が出て、元気な者は出て行ったが、私はその気になれず、兵舎に籠《こ》もっていた。

「衣食足って礼節を知る」という言葉があるが、食う物のない生活を一年もつづけると、礼節より先に性欲も完全になくなってしまう。

二十歳から二十四、五までの血気盛りの若者の集団なのである。いくら肌の色が褐色でも、現地人の若い女性はいくらでもいたはずであるが、まったく百パーセント、全軍を通じてただの一人も、性のあやまちを犯した者がいなかったという事実は、むしろ残酷な気さえする。

パラオには、まだ日本女性の慰安婦もいるということで、上官の心遣《づか》いもよく分かったし、入隊前はよく遊んだ私ではあったが、なにしろ体が復調せず、転進途上にできた熱帯潰瘍という性《たち》の悪いできものが脚の向こう臑《ずね》にできていて、いつも黄色い膿《うみ》をじくじくと出していたし、おまけにだいじな陰部にも小さな奴があった。

それでなくてさえまったくその気になれず、帰って来た連中が映画を見てから料理屋へ上がり、女と遊んで来たという話をするのを聞いて、「大したもんだ。立派なもんだ」と感心ばかりしていた。

いま思っても、まったく情けないかぎりであった。

どんどん入院患者が出て、十二月半ばになると、総員二十五名ぐらいに減ってしまっていた。そのころ、

「ラバウルに先行した隊長から、船を見つけて早く来いと、無電があったらしいど、月末にはまた、ラバウル行きだとよ」

「やれやれ、内地へ半分以上近づいたと思ったに、やはり駄目か」

「今度は十中八、九、かならずやられるぜ。見収めに、つぎの日曜に外出しようてば」

柏崎の山岸邦男上等兵は、ラエで入院し、長谷川憲二上等兵といっしょに後送になったはずだが、なぜここにいたのだろう。それとも私の思い違いであろうか。その山岸と山形の高橋清一上等兵と三名で連れ立って、パラオの市外へ外出した。

していた。

二十二歳の同年兵は、料理屋へ上がる才覚もなく、大きくもない町並みを行ったり来たり

慰安所とおぼしき前で、同じ隊の古年兵に会って、がんばって来いと言われ、おれはいいから、お前、上がれとお互いに言い合って、結局、だれもやる元気のある者もなく、もらった金を何に使おうかと思案しながら、小店をのぞいて歩いた。

「前線へ行くからにゃ、土産《みやげ》はいらんが、船から落ちたとき、こりゃ役に立つぞ」

小間物屋の店先に並べられていた直径三、四センチもある大きな貝柱に驚いて、店の人になんという貝かと聞くと、はさまれたら人間でも助からないという巨大な二枚貝の柱でパラオの名物だと言う。

ダンピールで泳いで五日目に救助された志田兵長たちから話を聞いていたので、海の中でこれを囓《かじ》っていりゃ四、五日はもつ、いいものを見つけたと、三人とも一袋ずつ買ったが、価は一円くらいで、金はなかなかへらない。

実用的で金目のものはあるはずもなく、つぎの店で紫外線よけのサングラスと髭剃《ひげそり》用のドイツ製のゾリゲンを買った。心ではこれが最後だから、何か悔いのないことをしたいと思っても、何をしていいか見当がつかず、四時の集合時間までただ、ぶらぶらしていた。

外出の楽しさはついに味わえず、照りつける南国の太陽の下で、乾いた町の中を散策している間中、これからまた数日間、生の保証のまったくないラバウルまでの船旅のことを思って、憂鬱でならなかった。

かならずやられる、そのとき運よく海へ落ちることができようか。今度で、赤道三回目だ。三回も運がつくはずない。

入院すればよかったのか？　とにかくラバウルへは行きたくない。ラエで入院したAもBも、ここではあんなに元気になっていても、なお後方へ下がるというのに、半病人のわれわれには、ふたたび前線へ行けという。どうも話が合わない。

つまり負傷、羅病兵は、あくまで名誉ある兵士であるから、軍は後送するにいささかもやぶさかでない。

しかし、私や安田軍曹たちの身体のなかには、むしろ彼らの何倍ものマラリア菌が巣食っているはずであるが、健兵と名のつく後退兵であれば、いかに勇敢に戦ったにしろ、不名誉の敗残兵でしかない。軍は負け戦を陰蔽《いんぺい》する必要から、いかなる場合でも、それらに内地の土を踏ませようとはしないのではなかろうか？

充分に戦った者をねぎらって、元気な者と交替させるなどという温情は、大義の前には考える必要すらないと徹しているのだろうか？　あくまで勇躍死地に赴く気概こそ日本軍人の真骨頂であるからには、めめしい泣きごとは許されないのであろう。

それが証拠に、われわれがラエにいたとき、ブナで死闘の末に、八千の南海支隊が全滅した。

その生き残ったわずかの兵がラエ海岸にたどりついたときも、軍は冷酷そのものだったし、何ヵ月もかかってラバウルへ行き、ようやくの思いで宇品まで行ったものの、眼と鼻の先の

原隊福山四十一連隊や、高知百四十四連隊へは帰れず、内地の土を一歩も踏ませなかった。

それどころか、無情にもそのまま朝鮮平壌へ送られ、最後はふたたびレイテ作戦に投入されて玉粋してしまったのを見ても、軍にはずんと一本、おかしがたい筋が通っているようであった。

身近なところでは、ダンピールでやられ、駆逐艦に拾われてわれわれのところへ来た一中隊の生き残りも、しばらくはわが二中隊のわきで生活していたが、サラモアのナッソウ湾に豪軍が上陸するや、ただちにこれが迎撃を命ぜられ、歩兵部隊に合流して果敢に戦い、全員玉砕してしまったせつない事実もよく知っている。

「負傷や病気なら、立派にさがれる。負けてさがった者は、元気でいるうちは生きてはおれんのや。原隊がラバウルにありゃ、海を歩いてでも行かにゃならんのよ」

「敗残兵に違いないんだからな。おれたちの帰るところは、靖国神社しかないってことさ……」

この世にまだまだ未練はあるが、どうあがいても逃れられない運命とあきらめて、すっかり覚悟を決めて帰営した。

ラバウル追及が二日後に決定した日、最後の保養の意味で引率外出が設けられ、ある料理屋で中食会を持ち、全員に大皿に盛られた鮪《まぐろ》の刺身がくばられた。

何年ぶりかの生魚に生唾《つば》を呑み込んだとき、赤い切り身の上を、真っ白いそうめんのような一センチくらいの回虫が、伸びたりちぢんだりしながら、肉の裏側へかくれていった。こりゃ真田虫《さなだむし》のしっぽだと、とっさに手を引っこめて、じっとしていると、

「佐藤、どうした食わんのか？」

菊地直一郎班長が隣りから声をかけ、

「虫みたいなものがいるからやめます」と答えるや、

「平気じゃ、おれによこせ」とあっという間に呑みこんだ。

どうせ船で死ぬ身だ、虫なんかにかまっていられないというのである。菊地さんはぶじ帰還されたが、昭和四十五年にはもう亡くなられ、まさかあの虫のせいではなかろうなどと、いまでも心に引っかかっている。

爆音過敏症

昭和十八年も押し迫った十二月二十八日、ラバウルへ向かう最後の輸送船に便乗してパラオを出帆した。

船には中支から派遣された、負け知らずで肌が桜色に輝いている元気な二千人ほどの兵士が乗っていた。

意気盛んな彼らは、正月を迎えた朝、甲板に臼を出し、捻《ねじ》り鉢巻で餅搗《つ》きをやり、丸々と太った力持ちたちが出る相撲大会などが催されて、屈託なく騒いでいた。それを、同じ兵隊でも運のいい奴と悪い奴ではずいぶん差がつくものだと醒《さ》めた眼でわれわれは見ていた。

「潜水艦にずーっとつけられているのも知らず、のん気なもんだな」

「いつボカンと来るか。救命具だけは放すなよ」

赤道祭も、例のごとく船員が大きな鉞《まさかり》や鬼の面をかぶってにぎやかにすませたが、その日の夕暮れ、ついに空襲に遭った。

爆弾が近くに落ち、暗くなりかけた海面を、横なぐりに曳光弾の火の棒がハッチに突き刺さると、兵隊たちは地獄へ墜《お》ちるような大声を出して右往左往する。その姿がなんとも情けなくて、怒鳴ってやった。

「しっかりせい！　やたらに弾丸《たま》は当たらんわい。日本男子、ザマないぞ！」

ラエでサラモアで、爆弾の雨の中でも鉄兜もかなぐり捨てて、火砲に喰いついて戦ったわれわれには、少なくとも遮蔽物《しゃへいぶつ》のある船のデッキにいて、機銃弾が何が怖いと見下げた気持で、座ったまま動かなかった。

「さわいでも、やられるときはやられる。武器一つ待たぬ身じゃ、じたばたしても、しようあんめえ」

上甲板で機関砲が鳴っていたようだが、敵機はしつこく両サイドから火の矢を射ち込み、その明るさで戦友の顔が分かるくらいであった。

恐怖心がまったく湧かず、このおもちゃみたいな戦いを眺めていたが、十分ほどで引き揚げて行ってしまった後、本当の怖さがぞくっと私の心をつらぬいた。

「とうとう見つかってしまったな」

「明日はいよいよ最後だなあ」

「いまの奴の知らせで、あすは百機ではすむまい。この兵隊ども、あれで終わったって顔をして安心しているぜ」

「知らぬが仏か、くそ度胸か。こっちが取り越し苦労と笑われそうだなあ」

「赤道越えりゃ、ラバウル近しだ。も少しスピード出さんかいな」

「六ノットじゃ、自転車並みだ。船脚《ふなあし》の遅いのが絶望的だわ」

直径六尺(約百八十センチ)もあろうかという大きなスクリューが、波のうねり具合で海面から半分くらいまで顔を出して、パッタン、パッタンとまわっているのを見ると、手をかして、もっと早くまわしてやりたい衝動に駆られ、ジリジリして、つぎの一日を暮らした。

天の援《たす》けか、仏の加護か。それから二日間を無事に乗り切って昭和十九年一月五日、目指すラバウルに入港できたのだが、小船団であったのと、見つかったのが夜で、奴《やっこ》さんたちも位置の確認がうまくいかなかったのか、とにかく私にとって何度目かの命拾いの部に入った。

丸一年目のラバウルである。意気揚々と出て行った百八十名の二中隊は、二十五名になって辿りついた。

「隊長が迎えに来てくれているぜ、やっぱり先に来てたんだな」

「戦況報告に来たのだろうが、自分の思うようには行かないのが軍隊さね」

「それより、こんなところでぐずぐずせんと、早くどこかへ行かんかな」

下船して桟橋で休んでいる間も、飛行機のことが気になって落ち着かなかった。

刀を取り上げられた侍が、手探りで歩いているように、すっかり爆音過敏症になっていて、隊長がよその大尉と何やら打ち合わせをしているのがもどかしくてならないのだ。

トラックに乗せられ、美しいラバウル港を下に見ながら、火山灰土を削り取って作られたつづら折りの長い坂を登り切ったところに、椰子林を背にして、独立野戦高射砲大塚隊の陣地があり、われわれはここで世話になることになった。

そこの中隊長は、満州時代の当隊の前年任であり、三年兵以上の人たちは再会を懐かしんでいたが、われわれには知らない人であった。

居候の形でお世話になったのだが、そこには前述の水野伍長やラエ撤退の前日、中隊の重要書類と本部連絡を下令され、潜水艦で敵の重囲を潜《くぐ》り抜け、無事任務を果たした草別五三美兵長や、大崎佳一少尉、野島辰治上等兵、高梨佐上等兵のラエ入院者、それに、山崎休威上等兵のラバウル残留組の人たちが、元気でわれわれを迎えてくれた。

このころすでに敵のラバウル攻勢が本格化しはじめていて、連日、百機、二百機と飛行場をねらってやって来ていた。

大塚隊は彼らの爆撃コースの終点の図南台にあって、離脱機へ砲火を浴びせていた。ラバウルには、まだ零戦などが二百機以上も健在で、空襲警報ののろしがどかーんと揚がるや、機を逸せず、濛々《もうもう》と砂塵を巻き揚げて、東飛行場から十機、二十機と、十文字離陸も鮮やかに、迎撃のため飛び立って行くのがよく見えて、たのもしい限りであった。

通信班の伝令が広場へ出て大声で、

「空襲警報、敵機二百機、ただいま○○上空でわが戦闘機と交戦中。戦果、敵機百六十機撃墜、味方機九機損失、以上！」

「ひゃあ、ほとんどやっつけたじゃないか。大戦果、大戦果！」

しかし、それも束の間、向こうはいくらでも新手が補充できるのに、味方は毎日五機、十機と数が減る一方で、内地からの補充はなく、またたくまに二、三十機になってしまった。戦力温存のため、空襲のたびに飛び上がった零戦は、彼らが仕事をすますまで空の彼方に退避して、終わると帰って来るという、苦肉の策を取らざるを得なくなって、見ているわれわれをずいぶん口惜しがらせていた。

「その分、高射砲が働かねばならん」

東飛行場を穴だらけにして離脱せんとする奴が、下から上昇して来る鼻先に砲列を敷いている大塚隊は、そいつを餌食《えじき》にし、巧みな独自の方法で射ち落としているらしい。

「信管らしいが、どこで何秒でぶっ放すのかなあー」

同じ射手のわれわれは、

「勇敢な大塚さんの指揮を、こんどは見学だ」

対空戦がはじまると、木陰へよって観戦した。信管射撃の威力をまざまざと見せつけられたのは、それから二日後のことであった。

例のごとく爆弾を落とし、身軽になったB25が、半ば不用意に陣地上空百メートルくらいのところをすっ飛んでくるのを待ちかまえた火砲がいっせいに鳴ると、ものの見事に決まって、キラキラと翼が空中で四散し、火も噴かずに胴体が真っ逆さまに墜ちていった。こんなこともあるのかと、自分の目を疑ったほど驚いた。

「すごいなあ、こりゃ覚えにゃいかん」

「三元では射てん。肉を斬らして骨を断つだな。それにしても、度胸がいるぜ」

山岸邦男上等兵と二人で、ほとほと感心して大塚隊の腕のよさを賞讃し合った。

砲手はだれも顔も上げず、喊声も揚げず、分隊長が右手を挙げて大声で、

「第一分隊、一機撃墜！」と、われわれからは見えない中隊長に報告しただけであった。

「よーし」と遠くで返事があった。

地獄の一丁目

二月十二日、東方の空に雲霞のごとく押し寄せた大編隊が、まっすぐにラバウル市街に爆弾の雨を降らせ、天を沖する砂塵を舞い上がらせ、ついで黒煙が空をおおい、一瞬にして全市が消滅した。

「あれれ、ラバウルがなくなってしまった」

会田兵長が、右手をのばしてしきりに叫んでいた。この日すべての建物は、地上から消えてしまった。日本女性もいたということだが、どうしただろうと気になった。

敵機の攻勢が日を追って激しくなった二日後、二コ小隊に編成したわが中隊に、敵の集中攻撃の真っただ中の東飛行場対空警備の任が下令された。ラバウル十万の将兵が連日、眼にしている雨霰《あめあられ》の弾幕の真下へ、進んで身を晒《さら》しに行けというのである。

命令が伝達されたとき、だれもがずーんと頭から冷水を浴びたように顔色をなくした。

「地獄の一丁目行きだな」

〝ひどい命令だ〟口には出さないが、心の中で私はつぶやいた。

ここでずーっといままでいた高射砲も、たくさんいるはずだというのに、歩兵最前線まで出陣し、一年あまりも極悪環境下で戦い、四千高地を越えた生き残りの、まだその体力も旧に復してはいない。そのつかれ果てた前線下番を、なぜ死地へ追い立てなければならぬのだろうか。

下令した司令部には、鬼のような参謀たちしかおらんのだろうか。やはり軍には〝敗者は生かしておかぬ〟という不文律がずんと通っているのだ、とすっかりひがみ根性になっていた。

しかし、われわれの何倍も苦労している戦士が、まだニューギニアに残っている。一番辛いのは、部下のことを一番に知っている隊長だろうし、ここは一つだれも恨まず、男らしく死んでやろうと肚《はら》を決めた。

さすがに気の毒に思ったか、われわれがトラックに乗り込むのを見送ってくれた大塚隊の連中が、「高射砲決死隊万歳！」と称呼してくれるのへ、

「死んだら骨をたのむぜ」と言い残して、二門の火砲とともに図南坂を下りていった。

ラバウル市街は、先日の爆撃できれいに焼けて、ところどころに隊名を記した立札が立っていた。

網をかぶせた掩体《えんたい》に囲まれた虎の子の零戦を、四、五人の海軍さんが整備していて、われわれの牽引車に火砲がつながっているのを見て、

「どこへ行くのですか」

「そこの滑走路のはじでやるんだ」

はじめは、まさかという顔をしていたが、

「ひゃー恐れ入りました。やられたらすぐ助けに行きますよ。ここで見てますから、しっかりやって下さい」

そのときは、ここの壕の中から見ていると言う。

夕方から五分交替で、寸時も休まず円匙《えんぴ》（スコップ）をふるい、砲列を完了したのが夜の

八時をまわったころであった。

突然、海の彼方の雲間を縫って、長い火箭《かせん》が幾条もきれいな放物線を画《えが》いてわれわれの頭上を飛び越え、山の中腹に轟音と閃光を撒《ま》き散らした。

「敵艦砲射撃！　目標は官邸山！」

すかさず伝令が叫ぶ。司令部は、深い地下壕とのことだから心配なかろう。

「おい、当番、腰かけを持って来い。めったに見られん花火大会だ。涼みがてら、全員、見物せい」

中隊長は流木に腰をかけて、きれいだ、きれいだと、終わるまで海風に当たっていた。奴らの砲口がわずかに右に振られようものなら、おれたちのこの陣地なぞ、一瞬のうちにけし飛ぶだろう。かくれる一木一草一穴もないここにいて、いまさらじたばたするなと、隊長は言っているのである。

「こっちへ来るな！」と念じつつも、口では、「こりゃもうけもの」と言いながら、沖に浮かぶ軍艦のシルエットからつづけて飛び出す赤い火の玉が、ゆっくり上昇し、やがて猛烈なスピードで陸軍司令部のある官邸山で炸裂する一部始終を、生涯の見物として網膜に焼きつけておいた。

観測班全滅

「すごい数だな、三百はあるぜ」

「うわー来た、来た。どうやら、この世の見おさめじゃな」

つぎの朝めしを食って一息ついた九時、案の条、艦爆連合の大集団が花吹山の遙か彼方に、胡麻粒《ごまつぶ》よりはむしろ黒雲のように現われた。太陽を背にして、左からぐるーっとまわってここを狙って来るのは、いつもの戦法である。

諸元がかけられ、一番の私は眼鏡に敵機を入れたが、うじゃうじゃして先頭機を確認できない。こうなりゃ、射てばどれかに当たるだろうと、三千くらいで五発射った。

大編隊は何の反応も示さず、弾幕の中を平気で進み、われわれの真横に来たとき、一番機から順々にひらりと横転し、急降下爆撃のお手本そのままに、真っ逆さまに飛行場へ突っ込んで来た。

つぎからつぎへと腹に抱えた爆弾を落とし、眼の前の飛行場は巻き揚がる砂煙で、たちまち見えなくなった。

透明な空気の巨大なシャボン玉が、幾重にも重なって空に散ると、腸《はらわた》を抉《えぐ》る衝撃波で口の中がえぐい。

空は光を失い、号令も聞こえず、砂塵の中から突然、艦爆が現われては超低空で翼の両端からゴーッと十三ミリを噴かせ、われわれの頭上をかすめて花吹山の陰へ飛んでいった。

「各個に射て！　信管三秒！」

そんな号令が、修羅場の中でくり返された。

マダンで見て来たジャムス隊、図南台で見学した大塚隊の戦法が役に立った。

あらかじめ信管は、五秒から三秒まで切って用意していた。一番の方位標準手、四番の高度標準手、九番の拉縄《りゅうじょう》引き、十番の装塡手以外はすべて持ち場を離れ、弾薬手となるのである。

「四番！　つぎはあの三機の一番前だ！」

三秒の弾丸は、つねに籠《こ》められている。

四番が、「よし！」というのを待って、「射て！」というのは一番なのである。

九番の山岸上等兵はひたすら、私の「射て！」を聞いては、拉縄を引きつづけた。

一番が先頭機をねらっているのに、砲身が上がって来ない。

「どうした！　どうした！」という間に逃がしてしまった。四番は二番機をねらったためである。

眼鏡なしの砲身射撃で、声も透らぬ爆音の中では、一番、四番はお互いの眼と、指さきで目標を選ぶのである。

「許せ！」と会田兵長が言ったとて、それは人間の限界を超えたことではあった。

三百の艦爆が飛行場を使用不能にせんと群がって来るその下には、わが二中隊の火砲二門しか応戦していないのだ。雀の大群に、子供がゴムのパチンコで小石を飛ばしているようなもので、はじめから勝負にはならない。

「信管二秒へらせ！」

私はやつらがあまりにも近くまでダイビングするので、砲口から五、六百メートルでかぶせたいと思った。しかし、それでも遠すぎる。射っても、やつらのうしろへ出る。

「信管〇・五秒にしてくれ！」

ついに私は、三、四百まで引きつけてやろうと決心した。

司令部山の上から逆落としにやって来て、五十キロを二つ落としてから、首を水平にあげ、まっすぐやって来るやつが眼に入った。絶好である。

「会田さん、いいか！」

「よし、いただきだ！」

砲身をやつの前に固定した。待ち射ちである。飛行機がぐんぐん近づいて五百メートルくらいになったとき、まさしくかぶせた。破裂した弾幕も前に出た。命中である。

つぎに来るやつのため、ふり返る余裕はなかったが、そいつはぐらぐらとゆれながら、すぐそこの花吹山の陰へ墜ちていった。

昨夜進入したばかりのこの陣地は、まだ敵の探索機のカメラには写っていないはずである。だから、どいつも夢中で飛行場へ突っこむが、ここに火砲陣地があると知らされていないせいか、幸いここへは来ない。

「しめた、存分に射てる！」

私は、盛んに目標をとらえては射ちまくっていた。しかし、それは誤算であった。なにしろ数だ。上空で気づくやつもいる。

気づいたやつの勇敢な野郎が、ただ一機、群れから離れたと見るや、真っすぐ二中隊めがけて逆さに落ちて来た。

砲身がついて行けなかった。

あっ！　と思ったとき、爆弾がやつの腹を離れていた。それが丸いまんま、ぐんぐん大きくなった。完全にここへ来るのだ。

「だめだ！　伏せろ！」

私がまだ砲座から飛び降りないうちに、空が真っ黒くなった。

至近弾だ。十メートルと離れていない。音は聞こえない。鼓膜がいたい。喉が辛《から》い！

滑走路破壊用延火信管装着の爆弾は、地中深くめり込んで、観測班長の蛸壺《たこつぼ》を吹き飛ばし、直径二十メートルの大穴をあけ、真っ黒い砂を滝のように降らせて、二中隊の兵士と火砲を分厚くおおってしまった。

「しまった！」

九番が飛びついたが、すでに閉鎖器は、砂を噛んで閉まらない。

「観測全員、見えない。やられた！」

「中隊長が見えない！」

「分隊長が埋まっている！」

腰まで埋まった菊地直一郎分隊長は、自分で這《は》い出してから、

「射ち方やめ。全員、隊長を探せ」と指示した。

「九番、遊底分解します!」

「早くやれ!」

サラモアで同じ失敗をした九番は顔色も変えず、二十ミリの飛んでくる中で、ガチャリと閉鎖器をはずし、片布《へんぷ》(布切れ)を敷いて砂を除去しはじめた。

「中隊長はこの辺だ!　早く掘れ!」

「観測班を探せ!」

「佐藤上等兵、幕舎から円匙《えんぴ》を持って来い!」

上空には、まだわんわんと艦爆が舞っている。

幕舎へは幅二百メートルの滑走路を突き切って、向こうの丘の陰《かげ》まで行かなければならない。

広いグランドを全力で横切る私を狙って、物好きな野郎が舞い降りて来た。と見るや、左手前を超低空で横切りながら、私の眼の前の砂を弾《はじ》きとばし、十三ミリを一列にぶち込んでいって、また引き返してくるようすであった。

伏せたところで、どうにもならん。ただ走るだけであった。だが、こうなると気ばかり焦って脚が出ない。もんどり打って倒れたが、帰ってくる野郎の弾丸《たま》にも当たらなかった。心臓が早鐘のように鳴った。

脚にひどい火傷《やけど》をし、おまけに大事な腕時計をこわしてしまった戦闘詳報記録係の水野軍曹が、練兵休《れんぺいきゅう》で寝ている小屋へ、息も絶え絶えに転げ込んで、口もきけないでいると、

「おい、やられたな！」

「うん、埋まった。隊長も観測も！」

かろうじて返事をして、円匙をつかむなり、二分隊の火砲だけが鳴っている陣地へ取って返し、盛り上がった穴の斜面部に埋まっているはずの隊長を探した。

私が行ったが、まだ一人も見つかってはいなかった。

観測班長の安田軍曹が、粉々に飛び散ったであろうことは疑う余地はなかった。

「手で掘れ！」

円匙の先で、体を傷つけてはならないのだ。

「いたぞ！」夢中で掘る長根辰雄、高橋知造両上等兵の指先が、ようやく鼠《ねずみ》の背中のように砂だらけの隊長の坊主頭を探り当てた。

顔を出し、肩を出しても、隊長は眼も開かなければ、息もしていない。

「埋まってから十五分はたっている……」

私はてっきり下半分はなくなっていると直感して、青くなった。みんながわっと寄って来て引き抜くと、ようやく意識をとりもどし、大きな爆破孔を見て、

「観測班を早くしろ」と言った。

盛土の一番厚い部分の土砂は、なかなか除去できなかった。時間はどんどん過ぎ、焦りの色を濃くしたとき、

「いたぞ！　いたぞ！　まだ脈が残っている！　洞窟へ運べ！　人工呼吸をしろ！」

測高機は、倒れもせず立ったままであり、その脚の下に六名が折り重なって出て来た。顔を上に向けたままの高橋清一上等兵は、上気したように赤味を帯びた顔色をし、いつものようにちょっと笑ったような穏やかな表情のまま息絶えていた。

「おお！　高橋！　なんてこった。せっかくいっしょに山あ越して来たに……」

仲のよかった私は、なんとか息を吹き返させようと、その場で必死に人工呼吸をおこなった。

ラエを出て十日目、マラリアで動けなくなった犬塚少尉を介抱してジャングルにとどまったが、死を決した犬塚少尉の命令で、彼の全食糧をもらい、あの峻険《しゅんけん》サラワケットをともに突破した数少ない仲間がまた一人失《う》せたか。

私は、まだ生きているような彼を背負い、ほとんど駆けるように、海岸洞窟に設けられた中隊本部へ運び込んだ。駄目と知りながら、万一の僥倖《ぎょうこう》を念じ、夕方ちかくまで人工呼吸をくり返した。他の五名も同じようにやったが、ついに一名もよみがえらせることはできなかった。

それより前、幕舎にいた水野軍曹は、私につづいて円匙片手に足を引き引き陣地に来てみ

ると、ちょうど隊長が朦朧《もうろう》として傍《かたわ》らの兵士の肩につかまっていたところであった。

そのとき、敵のB24の七機の編隊が、今度は海の正面から飛行場へ侵入して来た。それを見た途端、反射的に、

「目標、前方敵機！」が、その隊長の口を衝《つ》いて出た。

だが、つぎの、「高度……？」「航速……？」三元がない。

測る観測班が全滅してしまっているのだ。

「通信！　司令部高射砲隊より三元を聞け！」

隊長の頭は、まだ正常にもどっていない。目測で三元を出せないでいるのだ。

「ただいまの爆撃により、通信線切断、連絡不能であります」

一分隊の砲手はみんな、救出作業に当たっている。二分隊の火砲だけが、ぐーっと動いた。

しかし、それまでで、「射ち方やめー」を下令した隊長は、高橋知造上等兵の肩にすがって、ようやく去った敵機を見届けてから洞窟へ向かった。

洞窟の中には、すでに木村徹郎、室伏仁、井藤彦司、北村喜朝の四兵長と、三年兵の加藤幾夫伍長が仰向けに寝かせられ、全員交替で休みなしの人工呼吸がつづけられていた。

私は高橋清一上等兵にかかりきりになっていた。

非情な作戦命令

その日は、中食は支給されなかった。

「息をしたようだぞ！　脈を打ちはじめたぞ！」と歓声をあげるが、それはみんな空しき錯覚に終わってしまった。

あきらめ切れない無念さが、みんなを夕景迫るころまで、夢中でその作業をつづけさせたが、かろうじて命を拾った隊長も、ついに断を下した。

「作業やめ！　残念であるが、これ以上、見込みはない。ご苦労であった。気をつけ！　敬礼！」

一瞬、放心したように手を休めた兵士たちは、粛然と立ち並んで敬礼を捧げた。

外はもう真っ暗であった。遺体を毛布につつみ、埋葬の準備をした。

死んだと思った安田軍曹は、その日の朝、司令部へ出向のため不在であって、彼の代わりに観測班長を勤めたのは、他部隊から転属になったばかりの小川重太郎軍曹だった。

中隊長の号令が爆音に消されてとどかず、蛸壺《たこつぼ》を出て通信班の壕へ確かめに行ったとき、いま出たばかりの穴に直撃弾が落下したのであって、当人は腰まで埋まっただけで命を拾った。生と死は、まさに紙一重の戦場なのである。

裸の陣地が発見された以上、明日はここが集中爆撃されるに決まっている。戦死した六名の中隊葬をすませるやいなや夜を徹して、そこから五、六百メートル離れた丘の中腹へ陣地変換をした。

私は、第一分隊の一番砲手の重要なポジションを受け持っていながら、その夜、マラリアの高熱に襲われた。

陣地構築も途中で耐えられず、キニーネを打ってもらって練兵休となり、兵舎内でふるえていた。私の替わりは新田伍長が勤めた。

思っていたとおり、つぎの日ははじめからそこが狙われた。寝ていた私の頭の上の新陣地は空襲がはじまって、火砲の一群射が終わるか終わらないうちに、早くも爆弾の洗礼を受けてしまった。つぎの発射音がないままに、どやどやと数人が幕舎に駆けこみ、またあわただしく出て行った。

やられた、やられたと叫んでいたから、私も熱を忘れて飛び起き、二百メートルとは離れていない一分隊掩体へ駆けつけた。火砲は停止し、一番眼鏡手の砲座の前の砲身が抉《えぐ》り取られ、発射不能になってしまっていた。弾薬袖（壕）は崩壊し、射手のほとんどの者は血に染まっていた。四、五名の砲手は土に埋まり、戦友は必死に土を掘り起こしていた。

「足がありません！」と叫ぶ者、「しっかりせい！」と励ます者。砲弾が薬莢《やっきょう》のまま四散した中で、みんなお互いに手をかし合って、土砂からはい出るためにうごめいていた。

衛生兵が飛んで来て、一人に応急処置をほどこしていた。袖を半壊するほどの近さに爆弾を受けながらも、死者はなかった。

昨日命拾いした安田軍曹は、段列のトラックに負傷者を満載し、つぎつぎ陸軍病院へ急送させるのに大車輪であった。

新田伍長が、呆然と立ちつくし、

「佐藤！　お前だったらやられたぞ。まっすぐ来る爆弾に肝《きも》を冷やし、転把《てんぱ》をはなして砲座へ伏せた瞬間に、眼鏡の高さのところの砲身が抉られたのだ。座っていりゃ、上半身が飛んでいたぞ！」

マラリア菌は、私をしてまたもや奇跡的に命を救ってくれたのである。

東飛行場で、たった二日戦っただけで、この高射砲決死隊は、文字通り決死の働きをしながらも、多くの戦友と貴重な火砲を失い、ふたたび図南台へ帰ってきた。

全滅を前提であえて展開させた対空戦であったから、もし火砲が破壊されなかったならば、いくら犠牲者が出ようと、陣地を退くことはできなかったであろうし、下令した司令部もずいぶん辛《つら》い思いをしたであろう。

涙を呑んで死地に向かわしめる……。戦いにはつきものの非情な作戦命令は、当然であってしかるべきものなのである。

私と高射砲との長いつき合いは、この日をもって終止符が打たれた。命令により、決戦用に地中深く温存された火砲は、以後、一発の弾丸も、空に向けて発射されなかった。

対空遊撃隊

「あのなあー、半年もすると、作業場の土間の土がごそっとへるんやわ」

「なんでまた？」

「コークス粉と粘土まぜてタドン作るのやが、土間の土も材料に混ぜてしまうんやがな。親方こすかったさかいにな」

大阪でタドン屋の丁稚《でっち》をしていたという上野好男上等兵が、小僧時代の話をよくしてくれ、私を楽しませてくれた。頭が大きくずんぐりしている。みんなから〝福助〟という愛称をもらっていた。

その上野上等兵は、どこから転属になったのか定かではないが、まったく武器をあつかえず、もっぱら当番専門だった。

同年兵の私が八九式二連装旋回機関銃第一分隊第一射手として、大きなパンの木のあるラポロという原住民の集落の高台へ対空遊撃隊となって二回目の陣地変換をしたとき、終日、銃座に待機している私に、三度三度、食事を運んでくれては二、三分しゃべっていった。

分隊長は安田軍曹で、小隊長は私といっしょに幹候拒否をしながら、最後には自説をひるがえして少尉になった、函館水産出のきかん坊の向井正泰だった。

私は准尉の説得を頑強に拒んで、初心を貫いたが、彼は私との約束を破って承諾してしまい、見習士官で三中隊へ配属され、ツルブから撤退して何ヵ月も歩いてこの四月に、ようやくラバウルに着き、二中隊の私の機関銃の小隊長になったのであり、その不思議な因縁《いんねん》にびっくりした。

村山時代はベッドが隣りで、とても気の合った仲のよい戦友であったが、そんないきさつがあって、何年ぶりで会ったというに、向こうから話しかけては来ず、私も上官という理由で近づかなかった。

七・七ミリの細身の旋回機銃は、爆撃機からはずして来た精巧な二連装で、円形弾倉には三百発の弾丸が装塡《そうてん》でき、いかにも命中しそうないい銃であった。

子供のころから空気銃で雀射ちにあけくれ、村人で知らぬ者のないくらいの餓鬼大将であった私は、その旋回機銃が気に入って、四六時中、手入れ、分解、組み立てなどをして、眼をつむっていても、たちどころに組み立てられるほどになって、突っ込み故障なども平気であった。

掩体にパッと飛び込み、目標を円形標準器に入れ、押し鉄を押すのに二秒はかからない自信はあった。

裏ラバウルに備えたこの高台の陣地は、田の浦方面より陸軍糧秣廠《りょうまつしょう》のある谷間へ侵入してくるF4Uを迎え撃つのには、絶好のポイントであった。しかもやつらは超低空でくるから、音はあてにできず、先に見つけた方が勝ちであった。

毎日訓練をした地上射撃と違って、実弾で着弾を確かめるわけにはいかない。

未来修正点へ銃を持って行き、射手が「よし！」と発すると同時に銃を止め、分隊長が竿《さお》の先につけた目標が正しく標準されているかを確かめるのである。

何のことはない、クレー射撃である。雀射ちで鍛え抜いた私は、いかなる角度から来ても、ほとんどはずすことはなかった。

安田軍曹は、また観測畑のベテランだから、これまた未来修正お手のもので、その二人がくる日もくる日も、「目標！　後方の敵機！」「距離五百！」とやっているのだから、うまくならん方がふしぎなくらいであった。

敵も向かいの山の三中隊にやられて、火だるまで墜ちてから、警戒してなかなかやって来ない。いつも高射砲のとどかぬ上空を舞っているだけで、降りては来ない。

訓練の合間に射撃大会なるものをした。採点係が安田軍曹だから、有利なせいもあろうが、私も心得たもので、「目標！」がかかると、他の者よりはるかに早く「よし！」と発する。「よし！」と発したならば、眼を離して銃を止めなければならないのだが、試験官が点検に来る間に、心眼で正中させるのである。

安田軍曹本人も嘆声をあげるくらい、つねに正確に適中させていたものだから、文句なし優勝したものである。まったく申しわけないことをしたと、いまになって、いつも一分隊に名をなさしめて無念の思いをしただろう二分隊長の水野軍曹に、お侘びする次第である。

だが、ついに私の腕の真価が問われる日がやって来た。それは昭和十九年五月下旬のある暑い日の昼下がりのことであった。


一機撃墜！

昼をすまし、空《から》の飯盒《はんごう》を倒木の上に置き、上野上等兵が食器を下げに来てくれる時間に合わせ、陣地の下に見えるパパイアの黄色く色づいたやつを、兵舎に休んでいるのであろう戦友たちへ持って行ってもらおうと、近ごろとんと姿を見せないＦ４Ｕに油断し、不覚にも銃座を離れ、下のバナナ林へ降りていった。

鈴成りのパパイアを、やし籠《かご》に一杯にし、うんうん唸《うな》って昇って来て、「ヤレヤレ、ドッコイショ」と地面に降ろしたとき、眼の片隅に、海から音もなく谷間へ侵入してくる超低空のＦ４Ｕの二機が、ちらと映った。

姿も見えないから、下方陣地の機関砲一、二分隊の両菊地軍曹もまったく気づいていない。目線からやや下をまっすぐこっちへ向かって、どんどん大きくなってくる。距離は千をとっくに超《こ》して迫ってくる！

「会田兵長！　敵機だ！」

第二銃手の会田兵長は、ばね人形のようにすっとんでいったが、彼がまだ銃に手をかけないうちに、私の親指は、すでに発射ボタンを押していた。

距離は三百、真正面！　当たらなかったら不思議だ！

「しめた！　しめた！　落とせる！」

ごうごうと空薬莢《からやっきょう》が滝のように両方の遊底から噴出して、深い掩体の中に飛び散る。二つの銃口から、細い煙の尾を曳《ひ》いて曳光弾がまっすぐ奴の鼻先へ吸い込まれて行くのが、まるで絵に描いた手本のようにはっきり見えた。

不意をつかれた一番機は、左へ急上昇して逃げにかかった。その腹が私の視野を一杯にし、

〝逃がしてたまるか〞と喰いついて行く七・七ミリが、銀色に輝くジュラルミンの翼にパチパチと音を立て、無数に命中しているのがよく分かった。この間、約五秒の出来事である

「よし！　落としたぞ！」

自信をもって、椰子の梢をかすめて逃げるのへ、追い射ちをかけた。

会田兵長は一番機には間に合わず、大きく旋回して避退して行く二番機の横腹へ何連射か浴びせていた。

射撃をやめ、「落ちる！　かならず落ちる！」とつぶやいて、いま浴びせたF4UのW型の翼から、白いガソリンの煙を噴《ふ》いて海の方へ離脱して行くのが火になるのをじりじりして待った。

が、ついにそいつはどんどん高度を下げ、海面すれすれになってから、岬の鼻をまわったところで見えなくなった。

「残念！　火がつかなかったか。七・七ミリじゃ、いかにも小粒じゃ！」

口惜しさに呆然と見つめる私がわれに返ったとき、いつの間に来たのか、向井少尉が右手に軍刀を杖にして、褌《ふんどし》一つで眼の前に、にこにこして立っていた。

「佐藤、よくやった！　一機撃墜だ！」

「はっ！　確認できません！」

「大丈夫、落ちている。心配するな！」

自分の小隊である。撃墜させずにおくものかという気合いであった。

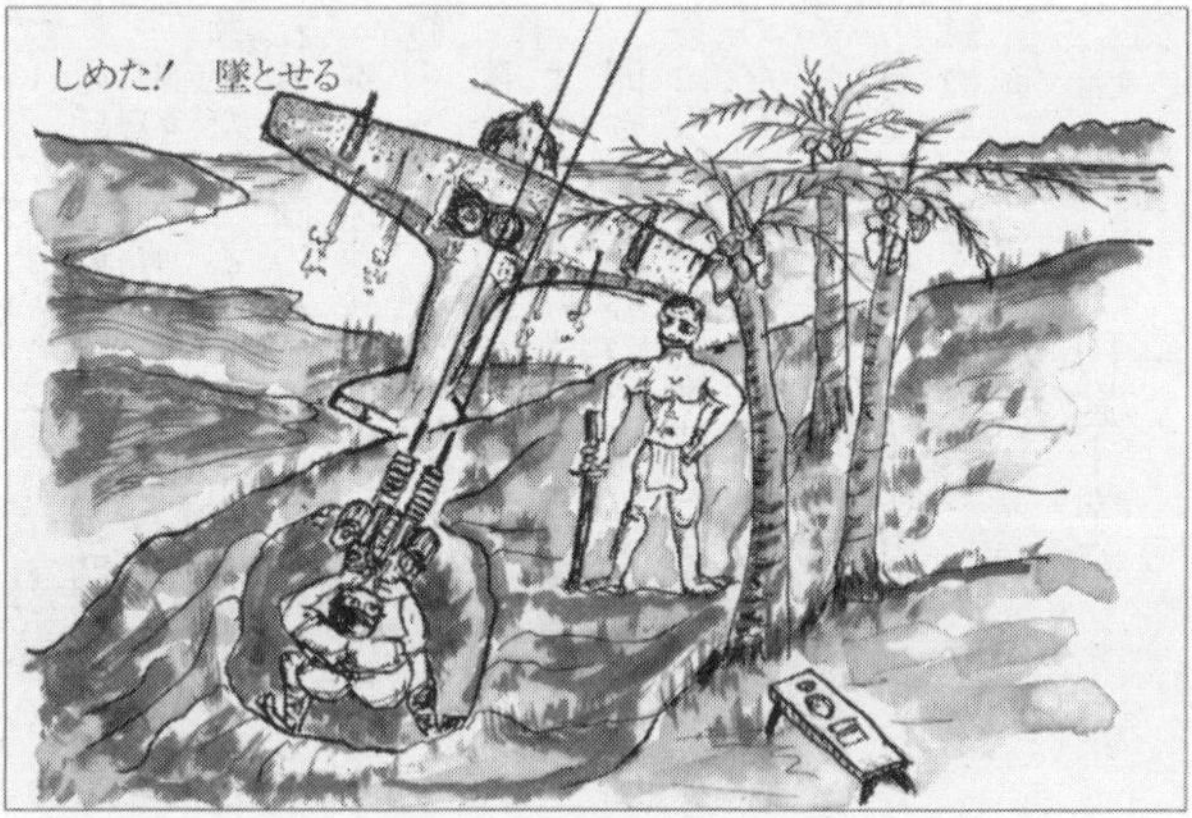

安田軍曹は、もっと喜んでくれた。日ごろの苦しい訓練が実を結んだのである。

「うん！　うん！　うん！、佐藤、よくやった。おれも鼻が高い！　弾丸《たま》もいいとこへ出た。完全だ、まちがいない！」

盛んにひとりでつぶやいて、顔は崩れっ放しで、当の私が何か浮かない顔をしているのには一切おかまいなしであった。

「もう少しで、お前に頭ぶち抜かれたぞ」

まだ笑顔が消えない向井少尉が、五十メートルとは離れていない椰子林の兵舎から飛んで来た鼻先へ、追射の私の弾丸がズブズブと幹を貫通していったと、嬉しそうに話した。

上野上等兵がにやにやしながらやって来た。

「射ったの、お前やったんか。おれあ、てっきりシコルスキー（F４U）の掃射や思うて、床の下へ首突っ込んだんや。出てた尻を向井に蹴飛ばされてなあ。〝馬鹿野郎、ありゃ佐藤が一人で射っているのだわい〟と怒鳴られてなあ。ハッハッハ」

屈託のない上野上等兵の話に、ようやく心が和《なご》み、二人して腹を抱えて笑った。

岬の監視哨から、一機、海へ落ちたと確認が入り、大橋秀夫准尉は、さっそく司令部へ殊勲甲だか、乙だかの申請をしたと、私に知らせてくれた。私はその日の点呼に一歩前に出されて、中隊の表彰式を受けた。

「本日、佐藤兵長は……ひとりよく……敵一機を……これ日ごろより……訓練の……兵士の範……」

隊長からの賛辞は、耳にこそばゆかった。つづいて大橋准尉が、波長の高い声で、

「よってただいま殊勲○の申請を……」とみんなに告げた。

聞きながら心の中で、もしもパパイアをとりに行かず、銃のそばでいつもやるように慰問袋に入って来た古雑誌でも見ていたらどうだろう、あの会田兵長でもボタンを押せなかったのだから、みすみす逃してしまったろう。殊勲甲も、時の運だな。こりゃみんなに内証にしておかなければならないと、臍《ほぞ》を固めていた。

日本が負け、この上申も立ち消えになり、心の負担がなくなったことは、せめてもの私の慰めとなっている。

円匙十字章

「佐藤、交替じゃ」

召集兵の尾崎楠四郎兵長が、たくましい上半身を裸にして、椰子油の燈芯をかき立てて暗い坑道に入って来た。

「お前、穴掘りはうまいな。十字の使い方がいいぞ。一尺は進んでるぜ」

「はあ、自分は本職であります。それに、ラバウルは全島凝灰岩でありますから、十字（つるはし）で楽に掘れ、また壁は崩れません。地下壕はいくらでも延ばせます」

新発田中学を出て鉱山学校を卒業し、三菱の鉱山技術員をしていた私は、学生時代の実習でつるはし、たがね、ハンマー、ダイナマイトの使い方を修得していたから、坑道の暗闇での仕事には熟達していた。

「こう毎日毎日、穴掘りじゃ、鉄砲射つの忘れるぜ。ラバウルは全島地下壕で、つながってるって話だ。マッカーサーが山のようにたまあぶち込んでも、十回は撃退させられるといっているそうだ」

「そうですね。農耕班は、どんどん陸稲をドラム缶に詰めて壕の中へ運び込んでいるし、円匙で畝上げした焼畑じゃ、さつまいもとタピオカがでかくなっているし、こりゃここは陥《お》ちませんぜ」

「うん、そうなりゃ、凱旋《がいせん》のときの勲章は、円匙（スコップ）と十字（つるはし）のぶっちがいの『円匙十字章』だな」

昭和二十年七月ごろの二中隊は、五度目の陣地を西飛行場付近の高台に設け、戦車攻撃隊となっていた。

全ラバウル軍は、すべての武器を地下に温存し、兵舎、工場、砲座すら地下壕の中に引き入れ、全島完全要塞化を完了していたのである。

でかいB24がどんなに低く飛んで来ても、一発の小銃も射たなかった。兵士は衣服も軍靴もなるべく身につけず、出来た陸稲にも手をつけず、いもばかり食って、すべての物を決戦用にとっておいた。

私も兵五名と一班をつくり、五名の生命で戦車一台を請負わされた。竹でつくった戦車が、ロでゴオーゴオーと叫びながら走ってくるキャタピラの下へ、手榴弾を信管にしてつくった破甲爆雷を両手に捧げて飛び込む訓練を、熱心にくり返していた。五人の肉弾でも、一台は容易ではないということで、眼の色を変えて下手な奴をなじったりしていた。

八月十八日、毎日うるさく来ていた敵機が、この二、三日おとなしいなあと思っていたら、ロッキードが何やらビラを撒《ま》いていった。拾って見ると、立派な日本語で〝日本降伏〟と書いてある。

隊長が本部へ行き、大本営からの命令を受領し、つぎの朝、全員に敗戦を伝達した。

「豪州に連れて行かれて、十年は羊の番人をさせられる」というのが兵たちの間でもっぱらの噂であった。

「殺されるよりはよっぽどいい」私も十年くらいの苦役は仕方がないと覚悟をきめていた。

それから後のことは、ことさら稿をおこすこともないと思う。ただ、円匙十字章ならぬ、鉛でできた日光章が、終戦後、ラバウル兵器廠で鋳造《ちゅうぞう》され、全将兵に配られたが、その鈍い光はいまに万感迫る想いをわれわれに抱かしめている。

白い波

「おい、ありゃなんだ？」

「ずいぶんたくさんの人が、手を振ってるぜ」

「負けて帰る日本兵にか……」

八ヵ月間の捕虜集団所での苦役を終え、ようやく待望の帰還船に乗り得た昭和二十一年三月二十日、船はなつかしい西吹山の鼻を過ぎようとしたころ、甲板に出て美しいラバウルに最後の別れを告げている二千人の将兵は、海岸へ出て必死に手を振ってくれるパプアの人たちの思わぬ贈物をもらった感激で、涙ぐんで帽子を振って応えていた。

「世話になったなあ」

「ありがとう、いい連中だったなあ」

どんなときでも、彼らはわれわれとまったく同じ友だちであった。われわれの兵舎によく遊びに来た、かわいい女の子は、どうしているだろう……。

島影がまったく見えなくなるまで、私は甲板にたたずんでいた。

あとにはスクリューの出す白い波が、ずーっとつづいているだけであった。

知らないひげの兵隊が、私の手帳をのぞき込んで、

「これ、お前、いま書いたのか」

「うん」

彼も黙って私と並んで海を見ていた。手帳には、へたな詩がぽつんと書かれていた。

なさけ白波水泡《みなわ》と消えて
椰子の島なる猛《たけ》きラバウル

あとがき

本書の第一部が書かれたのは、昭和四十二年のことである。戦後二十年、ようやくなんとか食えるようになり、心にも余裕ができると、かつて体験した悪夢のような戦場がしきりに回顧され、加えて行方知れずになっている生還者探しもはじまったころである。

戦死した戦友がこのままでは永久に歴史の中に埋没してしまう焦りに駆られ、上官の命令を命がけで遂行した最下級の若い兵士がどんな心で闘い、何を想って死んでいったか、同じ兵であった私の頭がまだしっかり覚えているうちに、事実をありのままに書いておこう。それがあたら若い命を国にささげた戦友の魂への、生きて還った者の務めだと思い、この拙文が生まれた。

二十一歳で戦場に赴いた私は、当時の若者がみんなそうであったように、正義に名を借りた侵略だとか、非人道的な矛盾だとかは考えず、果ては敵に対する憎しみすらもまったく感ずることなく、はやマッカーサーの反攻により兵站《へいたん》も途絶えた南の島の最前線で、飢えと絶望に苛《さいな》まれながらも、時いたらばもっとも効果的に国を護るという国民に課せられた当然の義務を果たすために、この命を捨てればよしと諦観していた。「御国のため」という大義はすべてのものの上にあったから、連合軍の巨大な物量も、九牛の一毛に等しい味方の劣勢も、一つの現象にしか過ぎず、それが明日からの戦闘のリズムを変える条件にはならなかった。

捨つべき命を前提にしても、死は限りなく怖かったし、砲弾の炸裂や、我に向かって雨と降る爆弾に、終始怯《おび》えつづけていた。「ああ、明日の命が保障された日日に栄光あれ」――二十四時間、爆撃で神経をすり減らされた頭は、絶えずこの言葉をくり返していた。

生きて今、生命の不安のかけらもないこの平和の狭間では、人間同志のとげとげしい不信、見栄、謗《そし》り、欲望、そらぞらしい体裁など、なんと、かわいくちいさなことよと、ほくそえむくせが、心から離れないでいる。

第二部のサラワケット越えは、ようやく探し当てた戦友十五、六名で、初めて戦友会を持った昭和四十三年に書いてみんなに配り、往時を偲《しの》ぶよすがにしたものである。

このサラワケット越えは、伊藤正徳氏著『帝国陸軍の最後』という本の中で、「高峰サラワケットの踏破」と題し、四頁を費やしてその惨状が写し出されているが、体験者でないせいか、ただ悲憤慷慨するだけで、具体性に欠け、事実に反している箇所もある。

「頂上は零下三十度」とあるが、それは間違いで、実際は摂氏三度くらい、明け方は薄氷の張る零下一度くらいであったのだが、夏衣袴のみで食糧はなく、加えてマラリアと赤痢で弱ったからだには、この冷気は、まさに零下三十度にも匹敵する恐ろしさであった。

もし、一時間でも零下三十度の寒気を敵に回していたならば、転進一万の将兵はことごとく凍死してしまったであろうし、それなくてさえ二千五百名の命が失われたこの転進こそ、私にとっては、生涯最大の危機であった。

第三部は、当戦友会も年ごとに充実し、もと二中隊員に加えて、ラバウルで再編成された者も糾合し、人数も殖え、その開催も六回を数えた昭和六十三年に、共通話題を提供する形で、手書きコピーにまとめて仲間に配布したものである。戦友を、胸突く岩山に置き去りにして来たところで筆を止めた第二部から、じつに二十年の歳月が過ぎていた。

サラワケットを越え、幽鬼のごとくキアリに到達した七千余の五十一師団は、ここで半数近くの患者を後送し、残るはわずか四千にも満たない半病人の丸腰集団ではあったが、司令部は、日本軍の敗退に気づいて一挙にアント岬へ上陸した豪軍の迎撃に、これを向かわせた。だが、衆寡敵せず、千キロ彼方のウエワクへ向けての半年におよぶ死の敗走のすえ、大本営からも完全に見放されたまま、二十師団とともに水が砂に滲み込むように消滅した悲運の師団となった。

われわれも同じ五十一師団でありながら、貴重な高射砲隊なるゆえか、サラモア戦での目覚ましい活躍を買われてか、いち早く後退を命じられ、剣の刃渡りのごとく、死線を越えて、一年ぶりでラバウルに辿り着くことができた。しかし、ここでも司令部は甘さを許さず、ただちに決死の東飛行場防空を下令し、またまた、わが歴戦の勇士を多数、死なせてしまった。

戦争とは、かくも非情なものであったし、いまもってそれを恨んだりしてはいない。だが、何千の白骨がいまだにかの岩肌に眠りつづけていることを思うとき、一途に祖国を愛し、母を偲んで倒れていった幾百万の日本の守護神たちの心を悼《いた》む者は、共に手を執って異郷の地で涙したわれわれよりほかにいなくなったと、切なくつぶやいている。

忠勇無双の英霊よ、戦友よ、男らしく国に尽くしたわれわれの行動を胸に漲らせ、亡き戦友の志をいまに具現していこうではないか。最後に、この手記が世に出るきっかけをあたえて下さった作家の山田盟子氏と出版を画して下さった光人社の牛嶋義勝氏に厚く御礼申しあげます。

平成六年十二月

佐藤弘正

単行本　平成七年一月　原題「ラエの石」　光人社刊

NF文庫

ニューギニア兵隊戦記 新装版

二〇一八年一月二十二日 第一刷発行

著 者 佐藤弘正

発行者 皆川豪志

発行所 株式会社 潮書房光人新社

〒100-8077 東京都千代田区大手町一-七-二

電話/〇三-六二八一-九八九一(代)

印刷・製本 株式会社堀内印刷所

定価はカバーに表示してあります
乱丁・落丁のものはお取りかえ
致します。本文は中性紙を使用

ISBN978-4-7698-3050-4 C0195

http://www.kojinsha.co.jp

ＮＦ文庫

刊行のことば

第二次世界大戦の戦火が熄《や》んで五〇年――その間、小社は夥しい数の戦争の記録を渉猟し、発掘し、常に公正なる立場を貫いて書誌とし、大方の絶讃を博して今日に及ぶが、その源は、散華された世代への熱き思い入れであり、同時に、その記録を誌して平和の礎とし、後世に伝えんとするにある。

小社の出版物は、戦記、伝記、文学、エッセイ、写真集、その他、すでに一、〇〇〇点を越え、加えて戦後五〇年になんなんとするを契機として、「光人社ＮＦ（ノンフィクション）文庫」を創刊して、読者諸賢の熱烈要望におこたえする次第である。人生のバイブルとして、心弱きときの活性の糧《かて》として、散華の世代からの感動の肉声に、あなたもぜひ、耳を傾けて下さい。

＊潮書房光人新社が贈る勇気と感動を伝える人生のバイブル＊

ＮＦ文庫

われは銃火にまだ死なず　ソ満国境・磨刀石に散った学徒兵たち
南　雅也
満州に侵攻したソ連大機甲軍団にほとんど徒手空拳で立ち向かった、石頭予備士官学校幹部候補生隊九二〇余名の壮絶なる戦い。

巨大艦船物語　船の大きさで歴史はかわるのか
大内建二
古代の大型船から大和に至る近代戦艦、クルーズ船まで、船の巨大化をめぐる努力と工夫の歴史をたどる。図版・写真多数収載。

五人の海軍大臣　太平洋戦争に至った日本海軍の指導者の蹉跌
吉田俊雄
永野修身、米内光政、吉田善吾、及川古志郎、嶋田繁太郎。昭和の運命を決した時期に要職にあった提督たちの思考と行動とは。

海は語らない　ビハール号事件と戦犯裁判
青山淳平
国家の犯罪と人間同士の軋轢という視点を通して、英国商船乗員乗客「処分」事件の深い闇を解明する異色のノンフィクション。

私だけが知っている昭和秘史
小山健一
マッカーサー極秘調査官の証言――みずからの体験と直話を初めて赤裸々に吐露する異色の戦前・戦後秘録。驚愕、衝撃の一冊。

写真　太平洋戦争　全10巻　〈全巻完結〉
「丸」編集部編
日米の戦闘を綴る激動の写真昭和史――雑誌「丸」が四十数年にわたって収集した極秘フィルムで構築した太平洋戦争の全記録。